看见美国

[日] 篠原匡 著

王冬 滕新华 译

グローバル資本主義 VS アメリカ人

美国

国际文化出版公司
· 北京 ·

前 言

埃尔帕索的妓女

美国得州的埃尔帕索，一座与墨西哥接壤的边境小城。

一间昏暗的房间里，丽娜一副落寞的样子，小声说道："有句话，让我这个有前科的人说起来怪可笑的，小时候我还想当一名法官呢！"

当时，丽娜为了供养父母和三个孩子，每天晚上都要接客。堕落为娼妇的起因与她倒卖毒品而坐牢有关。

丽娜出生在墨西哥边境的华雷斯，15岁的时候来到加利福尼亚的亲戚家，在美国成为高中生。然而，她的父亲欠了一身债，她也帮助家里维持生活。于是，她在本家叔叔的影响下开始偷卖大麻。家住华雷斯的叔叔是墨西哥锡纳罗亚贩毒集团的成员。或许是她高中女生的身份和急需用钱的困境，对贩毒集团来说也是合适的笼络对象。现在看来，她只不过是一枚任凭贩毒团伙摆布的棋子。

在高中和后来的美容专科学校就读期间，她靠贩毒赚钱糊口、交学费，还要贴补家用。

"客户都是事先约定好的。我的工作就是通过固定渠道领取大麻，然后交给客户，随叫随到。"丽娜回忆道。

结果她因倒卖毒品的罪名被捕。出来后，在朋友的帮忙介绍下做起了皮肉生意，直到现在。

采访组遇到丽娜是在2015年的夏天。当时我在《日经商报》的纽约支局当记者，正在墨西哥采访制作一期有关墨西哥经济的专题节目（这个专题节目的标题是"墨西哥：一个假面国家"）。

紧挨着巨大的美国市场，依托免除进出口关税的《北美自由贸易协定》（NAFTA），世界知名的汽车生产厂家纷纷看中了墨西哥中部高原的地利人和，开始挺进位于该地区的瓜纳华托、阿瓜斯卡连特斯等州。而我们制作的这个专题节目旨在分析当年打造世界汽车工厂的墨西哥的现状、存在的问题及其可行性，讲述墨西哥田园牧歌时代的故事。当时距离美国共和党总统候选人唐纳德·特朗普在选举战中提出对 NAFTA 重新谈判还有一年左右的时间。

在节目制作的过程中，我们的采访思路没有局限于墨西哥的经济建设上，同时也把采访的镜头转向了暗流涌动的贩毒行为、治安混乱和非法移民等社会阴暗面。

尤其是因贩毒分子猖獗而臭名远扬的华雷斯市，除去世界上正在发生的战乱地区，这个地方曾经一度背负世界最危险城市的恶名。因此，这里是窥探墨西哥社会阴暗面再合适不过的地方。于是，我们前往华雷斯约见一个在贩毒集团内讧中杀掉同伙的人物。当时，我们还想打听一下有关卖淫的情况，便请朋友帮忙介绍了一位知情者，来到朋友指定的地方。虽然对方的胳臂和后背有色彩斑斓的文身，却也算是一位普通女性。她就是丽娜。

那次我们主要聊了聊她的身世。当我问到她小时候的梦想时，她的回答便是本书开头的那句话。

在任何地方都不能指望一个初次见面的妓女说真话，就连她的名字大概也是逢场作戏现编的。然而，她的那番话让我至今印象深刻，我甚至不敢相信这些话是从一个毒贩子嘴里说出来的。如果换个不同的环境，她岂不是也可以踏上一条与今天截然相反的人生之路吗？时至今日，每当想到这些，我依然心乱如麻，心里有一种说不出的滋味。

自从我2015年1月来到美国纽约工作以来，采访的对象都是企业或人们眼里的专家，像丽娜这种生活在美国社会底层的人，我还是头一次见到。而且，贩毒行为我也只是在新闻节目里听说，从来没有听到过参与者的现身说法。埃尔帕索的丽娜让我第一次接触到一个自己不知情的美国，一个在日本看不到的美国以及发生在那里的故事。

后来，我又陆续遇到了一些深陷社会泥沼而努力挣扎的美国人。住在纽约市的非法移民爱德华·雷根迪斯·戈梅斯便是其中的一位。

纽约的非法移民

2015年，15岁的墨西哥人爱德华随家人一起偷渡到了美国。据说他们一家原本在墨西哥城生活，无奈父母学历太低，找不到一份稳定的工作。于是，他们决定伺机偷渡到美国。从20世纪90年代到21世纪头十年增加的非法移民，大部分人应该都是出于这个原因。

爱德华至今还清楚地记得当年偷渡的那个瞬间。偷渡地点选在了与美国得克萨斯州相邻的边城拉雷多以南不远的格兰德河滩。深更半夜，他和母亲还有7岁的妹妹，坐进一条可容纳5人的小船。

小船没有桨，一个汉子在水里边游边推。当地把这种专门以组织偷渡为生的人叫作"摆渡人"。

"当时我们提心吊胆，害怕到了河中间，那个推船的'摆渡人'万一溜了，船不知道漂到什么地方，那可就糟了！"

不过，爱德华担心的事情没有发生，他们顺利地达到了彼岸。在美国一侧负责接应的人把他们领到了有父亲等待的纽约。

在美国，儿时随父母偷渡而来的年轻人不在少数。

这部分年轻人被美国人称为"追梦人（dreamer）"。由于他们的身份属于非法移民，一旦被当局发现将被驱逐出境。只是因为他们是随父母偷渡而来的，早已融入美国社会，过着普通美国人的生活，所以他们没有罪。如果按照死规定一刀切，将他们一律驱逐出境，则有违人道主义精神。因此，当时的奥巴马政府于2012年签发了总统令，将驱逐出境的处罚放缓两年实行，即所谓"童年抵美者暂缓遣返计划（DACA）"。

DACA 的用意毕竟只是暂缓驱逐，并没有承认这类人滞留美国具有合法性，但是签证能够每隔两年续签一次。目前已有70万青年在 DACA 登记注册。上面说到的爱德华，他在上大学时也属于政府驱逐的对象，所以已经登记。因为这些青年一旦在 DACA 注册，便可以领到社会保障号码和驾驶执照。

在如何看待 DACA 的问题上，美国国内的舆论历来分为两派。

一派出于人道主义精神或确保优质劳力的考量表示赞成。另有来自保守派的反对声音也十分坚决，他们对非法移民的与日俱增忧心如焚，认为该计划终将导致这类非法移民身份合法化。而在那些付出大量时间和成本之后取得永久居住权的合法移民中间，也有人对待这个问题心情十分复杂。

多年来，包括"追梦人"在内的移民政策，议会在相关法规的制定上一再拖延。当时的奥巴马政府在迫不得已的情况下，以颁布总统令的形式采取了救济措施。然而，总统令覆盖总统令的情况屡见不鲜。特朗普在宣扬强硬移民政策的保守派的拥戴下，在竞选中扬言废止"童年抵美者暂缓遣返计划"，结果让那些"追梦人"普遍感到不安。而我们一行采访爱德华的目的正是为了听取当事人的心声。

其后，特朗普政府履行竞选承诺，于2017年9月宣布废除 DACA。联邦最高法院从2019年9月开始，审理特朗普政府作出这一决定是否合法。

诚然，偷渡行为原本不该提倡。普通美国人和经过艰苦努力获得永住权的合法移民，对政府轻易特赦"追梦人"的做法耿耿于怀也是可以理解的。但是，责任不能归咎于这些青年人，他们在美国接受教育，作为市民参加工作，为社会做出了贡献。正是因为双方的说辞都能得到人们的理解，所以才在移民问题上难以做到非黑即白。

空想中的美墨边境

得克萨斯州最南端的边境城市——布朗斯维尔，在这里遇到的那些人也给我留下了深刻印象。

自从特朗普呼吁修建"边境墙"以后，人们再次意识到在美国与墨西哥的边境线上早已经有不少地方建起了隔离墙。长达1954英里（约为3144千米）的边境线上，有隔离墙的部分达到654英里（约为1052千米），其中也包括布朗斯维尔一带。

当然，将美国和墨西哥隔开的格兰德河也不例外，如果硬是沿着这条蛇形界河弯曲的河岸修建隔离墙的话，也许距离需要加长，成本也会翻番。所以在布朗斯维尔周边远离界河的地方建了一段直线型的隔离墙。

还有，这里的隔离墙断断续续，体现不出防止（非法）入境的本来意义。更何况隔离墙的"两侧"也有居民，如果所有的地方都被阻断，将给他们的生活造成不便，所以目前还没有在道路上设置障碍。

我们的布朗斯维尔之行，目的是报道这段没有意义的边境隔离墙。然而在采访居民的过程中，我们不由自主地意识到，在东海岸和西海岸的大城市或者中西部废弃工业区道听途说的边境，与那些实际生活在边境地区的人们眼中的边境，不是一回事。

布朗斯维尔本身虽然是一座民主党支持者居多的自由开放的城市，但是，由于居民中也有保守派，所以当地对非法移民和修建边境墙的看法存在分歧。许多居民认为应当对平时出入本市的非法移民采取必要措施。但他们并没有敌视这些非法移民的意思，甚至抱有一定的同情心。更重要的是他们不认为自己生活的这个边境地区属于危险地带。

这是因为属于美国一侧的布朗斯维尔和属于墨西哥一侧的居民区，拥有基本上融为一体的历史背景。

目前双方保持的这条边境线是19世纪50年代划定的。在那些相当漫长的岁月里，这里根本就没有隔离墙这么一说，布朗斯维尔与河对岸墨西哥的玛塔摩罗斯居民你来我往，接触频繁。每年2月5日，从二战前沿袭至今的当地传统节日——"恰罗士节"——到来的时候，边境大敞四开，两边的居民一起过节。即便是现在，美国人看牙或者买药，墨西哥人购物、上班或者上学，每天都需要在边境线上穿来穿去。

"从前的时候，墨西哥的朋友经常来我家串门儿，我们一块儿在院子里烤馅饼什么的，大家可开心了！"帕梅拉·蒂拉这么说道。她在英国出生长大，后来嫁给了在第二次世界大战中结识的美国军人，从此在布朗斯维尔生活了70年。

至于罪犯和毒品的流入与双方居民有什么渊源，当属于另外一个问题。我还了解到另外一个事实，最近从洪都拉斯、尼加拉瓜等中美洲各国拥入美国的非法移民比墨西哥人还多。只是从布朗斯维尔人的言谈话语中我才知道，边境居民的日常生活与我在纽约了解到的情况，也就是与特朗普的宣传大相径庭。尽管以前我写的那些报道不能推倒重来，但我还是应该去现场看一看。

B面的美国

就在上述采访反复进行的过程中，我渐渐萌发了用市井人家的小人物眼光来描绘美国这个国度的念头。

关注日本昭和史的人应该知道半藤一利的名作《B面昭和史》。这本书截取了当年见诸报端的趣闻杂谈，借助庶民的眼光，描写了从第一次世界大战到第二次世界大战失败的那段历史。历史，几乎都是胜者刻画胜者的所谓正史。其实，当政者有当政者的历史，市井小民也有市井小民的历史。我是一个讲述当今世界的新闻记者，虽然才疏学浅，不能像《B面昭和史》作者那样妙笔生花，但是，本着用市民眼光讲述历史的所谓"B面"视角，诠释社会和经济等形形色色的当今世界，是我念念不忘的初衷。

从这个意义讲，我个人认为《全球资本主义与美国人》[1]以现代美国为舞台，通过人们的言行举止，描述了美国社会生活与经济活动中的众生相。每一个故事里的出场人物和场景独立成篇，虽然不是面面俱到却也搜罗了不少关于美国社会的分裂对立及各种社会问题的第一手资料。如果把书里的每个故事从头到尾看一遍，你便能够从中感受到美国社会底层正在发生的变化、出现特朗普这样一位总统的背景以及美国今后的去向。

《全球资本主义与美国人》这个书名是一位资深编辑朋友赐予我的，令我拍案叫绝。因为当今世界暴露出来的许多问题，无非是全球资本主义渗透的结果。每个人的人生之所以充满变数，也是因为受到了全球化发展和冷战终结，新自由主义的渗透与人、物和金钱的自由化的影响。过去30年里发生的这些变化都可以归结到"全球资本主义"的名下。

如大家所料，促使我对《全球资本主义与美国人》里的各个专题逐一采访的直接原因，正是出现了特朗普这样一位总统。

---

[1] 译者注：本书的日文版原书名。

关于2016年总统选举与其后美国变化的书刊文章比比皆是。因全球化而饱受摧残的工人积怨甚深，原本人数占多数的白人却因移民增加而日趋下降，引起白人的集体反感，中产阶级对"Obama Care（美国医疗保险制度改革）"以及臃肿的政府机构心生厌恶，对过犹不及的"Political Correctness（政治正确）"心怀抵触情绪，对罔顾国民生活，只盯着世界问题的华盛顿不屑一顾……如上所述，这些受压制的声音为特朗普的获胜起到了推波助澜的作用。

然而，出现特朗普这样一位总统是一种现象，而不是原因。原因在于冷战结束后美国的前进步伐及每一个美国人的环境变化。既然贫富差距、美式股东资本主义、人口动态变化（白人的少数族裔化）之类的根本原因没有改变，支持特朗普的声音也不会消失。民主党对特朗普持批评态度的左倾化，恐怕也不会偃旗息鼓。

在我准备用B面视角谈美国的背景时，也有我自身失败的教训。

如今回头看去，虽然我也不想替自己辩护，可是早在2015年至2016年的预选阶段，我便开始关注小角色候选人特朗普，抓紧时间采访、搜集关于他的趣闻轶事。为了解他前半生的生平，我采访过他在学生时代曾经管理过的俄亥俄州公寓，也参加过他的竞选集会，在曾经的"钢铁城"听取支持者的发言，也听到他们当初敢怒不敢言后来才得以公开的抱怨。

其实，说到总统选举本身，我的猜测与其他媒体一样，折腾来折腾去最后还是希拉里·克林顿获胜。可是，双方得票虽然相差无几，结果却是特朗普胜出。当年我经手发出的那些趣闻轶事报道虽说是些片段，并不是我亲身采访亲耳听来的，依据的多是美媒播发的消息和数据。那时候我便下定决心，在离任返回日本之前，争取在现场把美国社会的内部问题以及人与人之间的纠葛描写出来。

于是，我以西弗吉尼亚州的镇痛剂（Opioid）污染事件为切入点，先后完成了对学校教育、枪支管理条例、大教堂、硅谷的贫困等专题的采访，并且整理成名为"美国纪事"系列报道在报刊上连载。其后，我又将报道的焦点扩展到移民、边境、就业、退伍老兵等社会问题上，以"美国边境纪事"为题在《日经商报》的电子版上连载。其间，我还采访过在美中贸易战中深受其害的大豆种植户、养猪专业户以及在风力发电上寻找出路的得克萨斯州的城市建设者们……

本书正是将上述连载文章经过补充和修改后汇编而成的。书中还罗列了有关种族歧视、学费按揭、流产手术、LGBTQ（性少数群体）等方面的不同观点。唯一的缺憾是我没有充裕时间和机会亲身采访所有的对象。尽管如此，我仍然略感欣慰，因为我毕竟完成了自己力所能及的一项工作。

再者，本书配有采访视频。赴美任职以来，为了让自己作为一名"讲述者"的涉及面更宽，我曾想学习制作纪录片。中文版图书对应的视频已上传至哔哩哔哩网站，请读者结合本书正文一并观看——这不也是对阅读方式的一种创新吗？书中的文字表述均源于2017年2月至2019年1月的采访活动，有关职务、身份和数字等均为当时的采访结果。除了本书"结束语"，各章省略了人物敬称。另外，当年的连载文章仍然保留在《日经商报》电子版里，谨供无须刻意购买本书的人士浏览。

最后需要说明的是，本书署名虽然是我，但实际参加采访活动的是我们三人团队，我只是其中一员。另外两位是《日经商报》纽约支局记者兼总务的长野光和负责拍摄编辑视频的摄影师元吉烈。

我本以为策划、采访、核实、撰稿是记者的专业技能，但是事实上仅靠我那几句英语不可能与采访对象深入沟通，更拍不出那些惊心动魄的画面。从这个意义上讲，这本书无疑是我们三人合作的结晶。加之在持续混乱的委内瑞拉热心帮助过我们的原外交官赫赛·克拉比霍和竹内祐子夫妇，他们用西班牙语和英语左右开弓，为我们的采访活动做出了很多贡献。总之，这个内容浩繁的专题节目仅靠我一人的努力是绝对完不成的。

铺垫过长，有扰各位。如蒙各界人士有兴趣耐心阅读，本人将倍感荣幸。

目 录

目录

第一章

...

边境VS边境自卫团

一定要把毒贩子缉拿归案！

📍 亚利桑那州亚利帕卡

从太平洋沿岸的圣迭戈到墨西哥湾沿岸的布朗斯维尔，一条超过3000千米的边境线，将美国与墨西哥隔开。

　　自从那个男人抢占了白宫以后，这里的"边境"问题便浮出水面，成为美国政治、经济和社会中的重要课题。美利坚合众国第45任总统唐纳德·特朗普——让美国和整个世界山摇地动的震源。

　　且看，现实中的那条边境线上究竟发生了什么。

活跃在亚利桑那州边境的自卫团负责人蒂姆·弗里

"再往前开，颠簸得厉害，都使劲抓紧喽！"

头戴迷彩帽，身上套着土黄色T恤的男人大喊一声，一只脚踩在吉普车的油门上。后脖颈上文有"DILLIGAF"，据他说是什么"Does It Look Like I Give A Fuck"的缩写——鬼才晓得是什么意思！皱纹深布的那张脸，让他看上去根本不像59岁的人。也许是亚利桑那州灼人的日晒和滚烫的土地，把他的皮肤烘烤成了这个样子。那张脸是他依靠铁打的身板顶天立地的真实写照，是他值得炫耀的一枚勋章。

此人名叫蒂姆·弗里，是亚利桑那州边境自卫团（Arizona Border Recon）的头目，自卫团的据点设在亚利桑那州诺加利斯市郊外的亚利帕卡。

透过溅满泥点的挡风玻璃，看得见前方美墨边境上的座座山峰。这里没有像样的公路，只有褐红色的古老土地、裸露的岩石和茂密的灌木丛。吉普车像一匹脱缰的野马直奔边境而去。

"漂亮吧，老子可喜欢这儿的风景了！"

追捕毒贩子的猎手

自从特朗普上台以后，所谓"边境"问题便浮出水面，成为美国政治、经济和社会争论的焦点。

根据1994年生效的《北美自由贸易协定》，美国、加拿大和墨西哥三国的关税几乎全部取消。还有墨西哥生产的工业品，只要满足一定的原产地特征，证明为本地加工制造，便能够以零关税出口美国。据美国工商管理部门统计，《北美自由贸易协定》生效以来，美国、加拿大与墨西哥之间的贸易额增加了4倍，直接产生了1400万个就业岗位。因此，《北美自由贸易协定》被誉为最成功的自由贸易协议。

然而，鼓吹"美国优先"的特朗普政府上台后便开始着手《北美自由贸易协定》的重新谈判，迫使加拿大和墨西哥接受提高原产地比率和开放牛奶市场等对美有利的条件。谈判中，美国不断暗示退出《北美自由贸易协定》并且以征收整车关税相要挟，对极不情愿作出让步的加拿大和墨西哥采取各个击破的手段。果然，特朗普不愧为双边谈判（而非多边谈判）的铁腕人物。

从社会层面来看，一天比一天高的边境墙，非法移民的子女与父母被拆散收容的非人道政策，在美国社会引发了一场褒贬不一的激烈辩论。面向外国高端技术人才的签证"HIB"，其范围也在步步紧缩。其实，那道实体墙能否建起来已经变得不重要了，特朗普政府已经开始对人流和物流加以限制，在国与国之间构筑了一道道无形的障碍。

全球化企业和自由媒体（包括《日经商报》）一直希望解除贸易壁垒，开放边境。然而，发端于20世纪90年代的自由贸易在其拓展的过程中，已经让美国工人和中产阶级蒙受打击，却也是不争的事实。非法移民和毒品流入等涉及边境管理的问题也不容回避，支持总统强硬路线的群体像雪球似的越滚越大。

那么，生活在边境地区的人们是怎么看待特朗普政府的呢？当我希望在调查中倾听他们的声音时，突然想起了守护在那里的边境自卫团，想起了那部描写自卫团与贩毒团伙交锋的纪录片《贩毒之地》（*Cartel Land*）里的主要人物——弗里。我立刻给他发去邮件，他满口答应了。于是，便出现了我们采访组乘坐的吉普车在旷野上横冲直撞的这一幕。

抬头看去，依然是白昼的天空乌云翻滚，铺天盖地。7月下旬的亚利桑那边境一带，每天都会出现雷暴天气。这里是索诺拉沙漠的一部分，气候干燥，不过，来自加利福尼亚湾的暖湿气流常常产生伴有雷雨的热带低气压云团。等一会儿到边境巡逻的时候，我们肯定会遭到雨淋。想到自己将要纵横驰骋在漫长的边境线上，这份难得的经历让我按捺不住内心的激动。可是再想想以后将会出现的复杂情况，心里又有些惴惴不安。

在似路非路的荒野上跑了大约半个钟头，弗里把吉普停下，前去查看他说的供水点。

边境自卫团的活动区域是亚利桑那州的诺加利斯与萨萨贝之间宽约50英里（约为80千米）的山峦地带。这一段边境设有口岸，执行边检任务的检查官严查从墨西哥入境的每一个人。其周边地区虽设有近乎10米高的隔离墙，但想趁边防警备队不备偷越边境也不是一件轻而易举的事。不过，中间的那段深山老林戒备不严，成了毒贩子和非法移民乐此不疲的秘密通道。

其实，从边境到最近的村落只有轻轻松松的10千米。可是这里气候恶劣，盛夏时节，高温超过40摄氏度，常有人因为严重脱水而丧命。因此，一些自由主义团体出于人道主义，经常在山里放上一些水和罐头之类的救济品。但是，偷越边境的人不全是扶老携幼的非法移民，也有贩毒团伙指派的毒贩子混在移民中间。

弗里的任务是追踪这些毒贩子，就像猎手寻找野兽的脚印和粪便一样，在供水点附近查看脚印，从中判定毒贩子的行踪。一般情况下，毒贩子们喜欢成群结队，肩上扛着沉甸甸的"商品"。从脚印的数量和深浅可以辨认出是不是毒贩子留下的。实际上，他们一旦发现了毒贩子，便随手移交给边防警备队处理。

"边防警备队不会一天到晚总是守在这儿，他们从驻地赶到边境单程需要两个小时。可是咱就住在这儿，离边境线只有半个小时路程，所以整天守在这儿的是咱们这伙人。瞧咱身后的这一大片地方，都是毒枭们演戏的舞台，咱们的任务就是跟那帮家伙逗着玩儿！"

在边境附近侦查的蒂姆·弗里

墨西哥雨衣

绕开灌木丛和枯水河步行了一段时间，我们来到一个供水点。周围散落着空瓶子和垃圾，地上还有不少没有开封的大豆罐头。弗里转来转去寻找地面上的脚印。

"瞧瞧！墨西哥雨衣。"

弗里伸手抓起一个黑色塑料袋让我看。

"墨西哥雨衣？"

"把装垃圾的塑料袋捅开一个窟窿，头钻进去套在身上。咱们叫它墨西哥雨衣。发现了这些东西和空瓶子，老子就知道这帮家伙朝哪个方向去了。"

"还有，你身边不是有个瓶子吗？瓶盖是蓝的吧？瓶盖上的'Good Luck'也是那帮家伙写的。"

"您说的那帮家伙，指的是非法移民吗？"

"不是，都是人道主义者干的，也就是自由组织的人。那些懒虫连垃圾都不管收拾！"

"您觉得，这水是什么时候放到这儿的？"

"看样子，大概是星期二（三天前）吧。你们瞧，还特意用纸盒围起来了，他们知道这里的动物们喜欢咬这些东西。"

"不过，给路过这里的人提供些水，从人道主义精神来看，这么做还是可以理解的。"

"这种好事咱也干过，发现形迹可疑的家伙，先给他点吃的喝的，还有药，然后再交给边防警备队。怪就怪这里的环境太糟糕，气温超过40摄氏度。你们估计带小孩的非法移民有多少？打这儿过的人里有85%都是贩毒分子，普通人只占15%。

"再说了，那些孩子是不是他们自己亲生的也值得怀疑。等一会儿给你们看看咱拍的片子，那些孩子多半是他们收进来的小毒贩子，一路上又是吃又是喝的，那些人道主义者简直就是在给坏人帮忙！"

话说到这儿，弗里打开平板电脑里的地图软件，周围地区的供水点和监控点一目了然。屏幕显示两千米范围内的供水点不止十个。

"看那座山峰，那儿有贩毒团伙设的监视点。这些有黄点的地方都是监视范围。老子每一个山头都爬上去看过。从监视点的望远镜里一望，连咱家都看得见。这帮混蛋！"

据弗里介绍，毒贩子一般都是10-20人凑在一起翻山越岭。在亚利帕卡的他家里，我看了弗里播放的一段录像，画面上男人们背着大号的双肩包，一个跟着一个向前蠕动。有个人手持步话机，挎着望远镜。弗里说，这号人是专门负责带路的向导。

"来回贩运一次大概需要10天。以前听说过毒贩子的报酬，贩运一次是650-1000美元。"

"感觉上，如果是靠走私挣钱，这点报酬也不算什么……"

"1000美元啊，折合成比索就是1.8万，在墨西哥这可是一笔大钱啦！跑一次腿儿就能挣到上千美元，这报酬就不低了。"

到目前为止，弗里破获的最多的一批毒品有560磅（约为254千克）。有一次，一辆房车从弗里家的门前开过去，他凭自己的直觉感到可疑，便带着爱犬追了上去，然后目不转睛地盯着，见他们始终没有支帐篷的意思。过了一会儿，有个男的背着背包从树荫下走了过来，开始从车里卸什么东西。最后看到他们开始焚烧麻袋了，弗里立刻通知了边防警备队。后来听警备队的人说："那天抓到的那个伙计，是个正宗的美国人嘛！"

其实，我来这里采访时并不知道山头上也许有贩毒分子监视，反正周围都是荒山野岭。经他那么一介绍，我心里一阵发毛，总觉得有人在暗中盯着我。当时，这里除了我们没有别人，也不知道什么时候，在什么地方会迎头撞上那些毒贩子。我心里也明白，对方主动袭击我们也没什么好处，可我们毕竟只有弗里腰里别着的一把手枪，心里还是没底。

顺便说一句，采访弗里之后过了两周，我们在蒂华纳的边境附近采访时，偶然遇到了发起成立自由团体"边境天使"（Border Angels）的恩里科·莫罗纳斯。"边境天使"就是弗里对我们说过的那些人道主义者，当时他还骂过这个团体。据莫罗纳斯介绍，他们给边境沙漠地区送水的活动已经坚持了30多年。全世界有5000多人的志愿者赞同这项慈善活动，分散在世界各地援助移民和难民。因为这一天蒂华纳办事处有个纪念活动，他便来到了蒂华纳。

"莫罗纳斯先生，边境自卫团的人批评你们的活动等于帮助贩毒团伙……"

"我知道那伙人，就是黑道上的民兵。黑帮组织把我们送的水藏起来，还袭击和骚扰过往的移民，简直就是三K党。特朗普就是种族歧视主义的罪魁祸首。"

"也有人认为，应该通过合法渠道让他们进入美国。"

"这些移民根本不可能用合法手段来美国。因为他们拿不到签证，只能冒着生命危险偷渡。实际上，哪儿都没有他们的容身之地。非法移民偷越边境是因为他们需要一份工作，想和家人团聚，也有人为了逃离险恶环境。什么修墙呀、成立自卫团呀，还有硬把父母和孩子拆散，这些做法都是不人道的。"

"对于毒品问题，您是怎么看的？"

"这的确是个棘手的问题。不过，那是需求方，也就是美国人的问题。根源不在这些越境的移民身上。"

"特朗普呢？"

"邪恶！他只是在助长仇恨。其实他在总统选举的一般投票阶段已经输了，本不该坐到总统的位置上……我们从来没有这么忙碌过，全是因为特朗普主张修墙，拆散移民母子，做事太不人道。我们相信爱是没有国界的。"

右派和左派！双方的主张水火不相容。但是，正是因为彼此的观点又都能够被人理解，所以，莫罗纳斯说的这类问题没那么简单。

伞兵部队与"酒精依赖症"

边境自卫团大约有80名成员，职业从消防队员、警官到退伍老兵、卡车司机、心外科医生等，不一而足。大家都是赞成弗里开展这项活动而且分文不取的志愿者，利用休假，从各地集中到亚利帕卡的据点。他们通常是每月活动四到五天，多的时候是一个星期。在边境一带的深山老林里安营扎寨，结伴巡逻。像今天这种情况，他的那些弟兄没来的时候，弗里的主要任务是查看供水点的情况有无变化。

弗里告诉我："那些偷渡的人里什么人都有。乌拉圭的、萨尔瓦多的、加纳的、西班牙的……也有不少人后来拿到了绿卡。他们经过几年的努力，终于办妥正当手续，进入了这个国家。在这些人看来，那帮非法入境坐享其成的家伙当然不能放过喽！"

"您刚才说还有老兵？……"

"没错！前不久有个患有 PTSD（创伤后应激障碍）的人来过，35岁的样子吧。不愧是个男子汉，上过5次战场！"

"为什么一个患有 PTSD 的人会出现在这里呢？"

"他已经不习惯过普通人的生活啦！他在这儿受的是特殊训练，和大家一起外出、一起爬山、一起过苦日子，几天下来，心情舒畅多了。"

边境自卫团成员

　　"您能说得具体点吗？"

　　"其实是这么回事。人一当了兵，普通市民的想法和感觉就被磨光了，被塑造成军队希望的那种人。那种人的特点就是天不怕地不怕，战场上所有的压力都不在话下。时间长了，便成了他们的生活模式，大脑已经机械了。但是，当他们完成任务后回归社会，就找不着北了。"

　　"当兵的人头脑简单。"

　　"另外在战场上，他们习惯把周围的人都看成敌人，对吧？所以，什么时候都不能放松警惕。可是城里的大街上，又是人，又是车，到处乱哄哄的，把他们的心搅乱了。"

　　"您的意思是如果换成这里，回到大自然的怀抱，便能够勾起他们对军队生活的回忆？"

　　"对了！这半年先后来过四个老兵，个个感谢老子对他们的'救命'之恩。"

伊拉克战争以后，美国陆续出现一批流浪街头的退伍老兵，一度酿成了社会问题。尽管退伍军人可以享受到社会保障等各方面的优厚待遇，然而，军旅生活与市民生活之间的隔阂让他们一时难以适应，在痛苦中度日的例子不胜枚举。

冷战结束后，号称世界警察的美国在全球各地派有驻军，其高峰应该是始于2003年的伊拉克战争时期。特朗普说过，美国现在仍然是世界第一大军事强国，但是在其背后也留下了无数心灵遭受创伤的人。

其实，蒂姆·弗里本人也是一名退伍老兵。

弗里在里根当政时期的1982年入伍，在第82航空师服役，这是一支身背降落伞从飞机上奋不顾身往下跳的伞兵部队，而且这支部队因为"AA"（All American）的爱称而蜚声海内外。不过，弗里的入伍时间是在越南战争之后，那种枪林弹雨的战场越来越少。更何况他入伍一年半就离开了军营，并没有上过战场。

说起弗里退役的原因，按他本人的说辞是嗜酒如命。

究竟是因为没机会奔赴战场而郁闷，还是如他所说幼年遭到虐待受过刺激，虽然说不准，可是有一条却是真的，弗里每天晚上都离不开酒，整天和人打架。慢慢地，周围很少有人与他来往。他开始到街上的酒吧惹是生非。查阅1982年他被关进基地内部监狱的现有记录，多半是因为酗酒斗殴而误事，所以最后被军队除名了。

随后有一段时间，弗里又迷恋上了兴奋剂。20年前他戒酒戒毒，来到建筑工地卖苦力。眼下靠养老金和赞助维持他在边境的缉毒活动。

"人总要有点使命感。所以，老子就守在这儿了。"

毒品走私对于在边境生活的普通人来说确实是块心病。但是，民间发起成立的自卫团风餐露宿，追踪贩毒分子，这件事作为个人行为却有悖常规。弗里说他参与边境缉毒活动的动力是一种使命感，意味着他从酗酒和吸毒中解脱出来，在边境的缉毒行动中找到了自身的存在价值！

"那里最好小心点，有红火蚁。被它叮一口，痛得钻心。"

亚利桑那的自然环境相当严酷。如果身处其中，你会感觉到周身热血沸腾。

夏季时节，亚利桑那州的边境附近常有雷雨天气出现

在供水点停留了半个小时左右。不出所料，豆大的雨点从天而降，干巴巴的大地眼瞅着染成了红色。

"淋湿了摄像机，事儿就大了，是吧？赶紧回到车里，咱们再到下一个网点看看！"

于是，大家赶紧往回跑，吉普又沿着那条土路继续飞奔。这款吉普车没有车窗，后轮甩出来的泥浆无情地溅到身上。刚才还看得见路的那片洼地，现在变成了河流。

"不好！这个供水点怎么不见了？到了雨季，雨把周围的植物都催绿了，变了个风景。还真是没有了！混账！那帮家伙是不是挪地方啦……"

弗里气哼哼地嘟囔着。就在他东张西望的时候，雨下大了，雷声渐渐逼近。老实说，这里的雷公公比那些毒贩子更恐怖。

"越是雨天，毒贩子越猖狂。越是下雨，老子越是闲不住。因为一到雨天，边防警备队不出动。这个时候，边境上只剩下像老子这样的疯子啦！"

说完，弗里转过身去。

"回去吧！今天就到这儿啦！"

改变人生的金融危机

弗里成立边境自卫团的事情可以追溯到2010年。成立的初衷之一是打算让世界上的人们都知道边境的真相。

贩毒团伙之所以铤而走险偷越边境，是因为美国对毒品有固定的刚需群体。从处方药的吗啡鸦片到海洛因和兴奋剂，不少人对这类药品从临时服用渐渐形成依赖。这种做法虽然不是简单的违法药物问题，可从道理上讲，如果美国人从此不再服用海洛因和兴奋剂，毒品的流入将随之减少。可是，在驻守边境的弗里看来，这等于是让毒贩子插手解决问题。

"媒体只知道宣传非法移民的父母和子女被强行拆散的故事，对于边境的险情却一声不吭。拆散家人只是事情的半个真相，跟媒体渲染的不一样。"

其实还有一点，就是对待非法移民的态度简单粗暴。

当时，美国工人的平均时薪一路上涨。但是，如果把通货膨胀的因素添加进来，实质工资与20世纪70年代相差无几。加之就业率的长期低迷和全球化影响，廉价移民劳动力随之增加，注定出现工资上涨受到遏制的局面。而退伍后在建筑工地上班的弗里也是受害者之一。

这里还有一段10年前的痛苦回忆——将美国人推入无底深渊的"雷曼风暴"以及接踵而来的金融危机。

弗里在那次金融危机中失去了工作和住房，而且非法移民包揽了所有工地的就业岗位，把弗里就业的路堵得死死的。这些移民的非法滞留行为即使暴露也不会被驱逐出境，几个月以后重新申请一张ID卡（身份证）照旧留在当地，而且不用交税，钻尽了社会体系的空子。

"有人对我说，就算是给自己放了三个月的暑假吧。别逗了！"

于是，他掏出自己的全部积蓄成立了边境自卫团。最初的任务是防止非法移民偷渡入境，当他得知贩毒团伙连偷渡带贩毒什么都干的时候，便将目光转移到缉获毒品上。别忘了，他还是金融危机的受害者。

解读墨西哥移民的历史，可以追溯到"美墨季节工人计划"。早期来到加利福尼亚州和亚利桑那州的墨西哥人，身份是帮助当地农户抢收庄稼的季节工。从1952年开始持续20多年的"美墨季节工人计划"，使得约有450万的墨西哥人作为外籍劳工拥入美国。1964年该计划停止实施后，很多墨西哥人便原封不动地在美国扎根落户了。

此后，美国的农业、建筑业和餐饮业等对廉价劳力的需求越来越旺，从南向北越过边境的墨西哥人源源不断。据美国皮尤调研中心（Pew Research Center）统计，1990年非法移民为350万人，高峰期的2007年达到1220万人。其中有一半人来自墨西哥。

"自由团体目前的做法等于将'绿卡'的红利拱手送给犯罪分子。

就像小孩子干了坏事，大人非但不生气，反而给孩子买玩具的零花钱。你们去监狱看看，关在里面的罪犯多数是非法移民！这个国家进来的坏蛋已经够多的了，不用再进口啦！"

非法移民增加的背景里也有《北美自由贸易协定》的影响。

由于北美三国取消了关税，正如特朗普及其支持者一再警告的那样，美国制造业流向了墨西哥和中国。但是，由于美国产的廉价玉米的流入，墨西哥的农业也同样受到了冲击。尤其是对南部地区本来就贫困的小农户造成的危害更为严重。他们纷纷背井离乡，投奔边境一带的工厂或者偷渡美国。

1845年得克萨斯州合并之后，墨西哥一直遭受与其接壤的强国蹂躏。由于在美墨战争中失利，墨西哥丢掉了现在的加利福尼亚州、亚利桑那州、新墨西哥州和科罗拉多州等大片领土，相当于当时国土的一半。其后，美国政府动员美国资本修建铁路网，经营种植园，继续对墨西哥进行盘剥，进一步扩大了两国的贫富差距。进而为了缓解伴随第二次世界大战而来的"用工荒"，美国政府又采纳了"美墨季节工人计划"，但又单方面终止了这个计划，于是便有了后来的《北美自由贸易协定》。

如果说成是邻国的悲哀也就罢了，但在墨西哥看来，美国出于自身利益改变边境墙高度的做法近乎变态。

弗里说的"关到监狱里的多数人是非法移民"这句话让人有些听不懂。因为根据亲自由主义派智库——美国卡特研究所——统计的结果，非法移民的收监率仅为0.8%，还不及美国出生者的一半。尽管右派分子想当然地那么认为，但是非法移民中罪犯居多的说法掺杂了许多偏激的成分。

"看看你们国家的移民政策，应该是最最严格的。有了严厉的政策才能保护自己国家的文化、自尊和主权。所以，老子就守在这儿了，因为老子爱这个国家！"

弗里的观点与赞成脱欧的英国人以及"美国优先"理论的支柱史蒂夫·班农非常接近。

边境的堂吉诃德

"关于特朗普，您怎么认为？"

"还是支持他的。因为咱说什么也不能支持反方（自由派）。本人倒是觉得他这个人真的爱这个国家。"

"那道墙怎么说，有意义吗？"

"一定程度上还是管用的吧！院子有围墙，有人在门房里看着，谁也进不到院子里来。那么，出门买东西的当口儿怎么办？一个道理，看家护院呗！"

"这么说，您信任这个总统？"

"信任是自己争取到的，不是别人给的。现如今，他自己说过的话正在一步步兑现。所以，从大家这里笼络到了人心。"

"您再谈谈非法移民？"

"这个国家对世界的付出太多了，帮助了许多人。这是值得自豪的。可是，不管是谁，都把他请进门来，这就不对了！这么多年，本人一直是搞建筑的，可是非法移民一来，工资降低了。工资少了不说，税金可没少交。美国人的生活水平本来挺高的，可是现在，政治家把标准降低了。"

"这就是特朗普获胜的动力吧？"

"搞坏这个国家的应该是 Political Correctness（政治正确），咱们都是大好人。比如我平时说话有可能得罪了你，你发火了会打我吗？会竖起中指从此不理我吗？可是现在人家发话啦，这种话不能乱说，会伤透人心的。咱脖子上刺的那几个字母是什么意思，明白吗？就像我破坏了你的情绪一样，你也破坏了我的情绪。这才叫作生活嘛！大家总该接受了吧？"

"政治正确为什么发展到这个地步呢？"

"自由派的哭声太高，保守派的朋友害怕了，闭嘴了。这么说不行，那么说也不行，等于被人贴上了歧视主义分子的标签儿。至于当事人具体都干了些什么，没有人过问。"

"对上届的奥巴马政府，您如何评价？"

"直说吧，真没什么可说的。可是他执政的那八年就没犯过错儿吗？街上的抗议游行一次都没发生过？这要是换成特朗普，肯定会被人骂，那家伙干过的事儿全都不对！前几天，在脸书上看到自由派活动家上传的照片，照的是隔离墙里面的孩子，指责特朗普政府的'零宽容'政策。不过，一看照片的日期，原来是奥巴马任期内拍的。干出这种事儿的蠢货，难道不是你们那一派的混蛋吗？不管怎么说，这个问题很难解决，属于意识形态的问题。大家不是右就是左，没有中间道路可走。"

加利福尼亚大学黑斯廷斯法科研究生院的法律学教授约翰·C.威廉姆斯在写给《华尔街日报》的文章里指出，自由主义政治家和商界精英认为自己是世界公民。青年精英里甚至有人否定国家这个概念。另一方面，像弗里这样属于工人阶级的白人为自己身为美国人而感到自豪，不怕别人把这种自豪感的根源认定为"白人占据多数的美国"。

特朗普的功劳之一是让白人把自己的积怨全部发泄出来。再看他提出的政策，有许多是为了维持白人现有的多数派地位。

今后，包括亚洲血统在内的非白人比率将有所增加。在这个过程中，要求构筑边境墙的声音无疑会进一步增强。

威廉姆斯继续说："问题不在于人种，而在于可持续性。学校、医院、监狱……到处人满为患，但钱是咱们这些纳税人出的。每年用在非法移民身上的钱有1300亿美元。这怎么行啊！"

据美国移民改革联合会（Federation for American Immigration Reform）公布的数字，联邦政府、州政府和当地政府应对非法移民的成本达1349亿美元（"The Fiscal Burden of Illegal Immigration.2017"），非法移民的纳税额估算为189亿，两者相抵后，政府的负担额为1160亿美元。这笔开支是多是少也许存在争议，但是，纳税人的愤怒心情是可以理解的。

从边境的监控点出发半个小时后，回到弗里的家，我用温水洗了洗脸和手。衬衫上全是泥点，脏得一塌糊涂，心情却从异乎寻常的边境回到了现实社会当中。我无意中发现墙角竖着一支12号口径的霰弹猎枪。一问，说是用来自卫的。

"发现毒贩子的场合，您用什么办法对付？用枪吓唬他们？"

"不用、不用！发现毒贩子的时候，我们四个人一组分开行动，南北夹攻。我方虽然也有武器，但绝不能用枪指着对方。实际上，在八个武装人员的包围下，对方也只好认栽。即便他们跑了也没关系，因为他们一旦和向导走散，要么迷路后束手就擒，要么主动过来投降，没有别的出路！"

"交给边防警备队之后呢？"

"一般是驱逐出境，可他们转身又回来了。"

"以前发生过战斗吗？"

"没有。用句咱们的行话，目前的情况就是一场'Soft War'（软战）。贩毒团伙明白什么是得失。即便我们查获了毒品，他们还是有的赚。不过，情况正在发生变化。老子亲自查过，现在带枪的毒贩子越来越多了。前些日子，他们从4英里（约为6.4千米）开外的地方，向边防警备队连开4枪。结果电视台只报道了30秒，又立刻转到了拆散移民家属的话题上——我说过，拆散家属只是事情的半个真相。据本人估计，咱们非和那帮家伙交上火不可，只是时间问题。"

"那边的人肯定认识你，对吧？"

"说起来挺有趣的。有一次老子发现灌木丛里躲着两个人，结果他们指着老子喊：'电影！你不是在电影里吗？'原来他俩看过《贩毒之地》那部纪录片。那些人认识我，每年都过来吓唬两回，说要把老子'大卸八块'什么的。"

"您打算干到什么时候呢？"

"只要有两件事出现，老子立刻就不干了。一件是咱觉得边境戒备森严的时候，另一件是老子死了。不过，从明天起，这段时间咱不在家，去加利福尼亚州参加女儿的婚礼。"

弗里守护的这段边境是50英里（约为80千米）宽的山岳地带。在长达3000多千米的边境线上，这里只不过是一个点。在我的心目中，蒂姆·弗里的形象与面向风车岿然屹立的堂吉诃德之间可以画上等号。只不过，这是他挺身戍边的生活常态，是他人生道路的真实写照。

第二章

…

边境VS"摆渡人"

蒂华纳:"地下交易"泛滥的城市

📍墨西哥蒂华纳

距离美国的圣迭戈近在咫尺的墨西哥西北部边境城市——蒂华纳。

一座产品以出口美国为主的工厂云集的工业城市。

这里还聚集了许多面向美国的贩毒分子和非法移民，以及招揽美国人的妓女，因而成为远近闻名的"地下交易"集散地。

在这座欲望与贫困相互裹挟、可称为资本主义化身的城市里，采访组遇到了一个组织偷渡美国的小伙子，和一个为生活所迫而卖身的妇女。

在美国海关边境保护局（CBP）的调查结果里，我看到2017年流入美国的人员情况。最为典型的一天，分别从陆路、海路、空路入境的人数总和为108万，其中徒步和乘车越境者约为70万。这一天进口到美国的产品相当于65亿美元。GDP（国内生产总值）和消费能力位居世界第一的美国，其吸引全世界的人流和物流的规模，从这组数字中可以略窥一斑。

与这个巨大"黑洞"为邻的墨西哥蒂华纳也是各种货色一应俱全。边境工厂的产品、来这些工厂求职的工人、途径墨西哥流向美国的毒品、逃离本国贫困和暴力的中南美洲非法移民，还有那些勾引男人的妓女们……

2018年9月的一天，采访组在蒂华纳市内约见了一位名叫埃德亚鲁多的男士。

在美军服役的军人里也有一些外国人没有取得美国的国籍，只持有永居权，即"绿卡"，其中有人因为在服役期间犯罪而受到驱逐出境的处分。退役后失去了永居权，被迫返回原籍。埃德亚鲁多便是其中一位被驱逐出境的老兵。

在反映监狱生活的电影《肖申克的救赎》（*The Shawshank Redemption*）里有一个奇怪的囚犯，只要有人需要，卷烟和大麻之类的东西他都能搞到手。而我要采访的埃德亚鲁多也和这个囚犯差不多，在蒂华纳神通广大，无所不能。

我请他帮忙介绍一个"Smuggler"——将企图偷渡到美国的非法移民送过边境的所谓"摆渡人"。我当时准备提出的问题是非法移民如何越境、特朗普上台后偷渡客是增加还是减少？

来到约好的饭店，我以为对方一定是个身强力壮的侠客，没想到跟着埃德亚鲁多一起来的是个稚气未消的小伙子。

一个"摆渡人"的半生

纳乔是当地足球俱乐部的忠实粉丝，12岁就干起了"摆渡人"的行当。"摆渡"一次的收费标准是3000比索（约合人民币1070元）。深更半夜将偷渡客领到边境线上，通过各种手段助人偷越国境，比如攀越铁丝网，或者从铁丝网底下挖好的坑道中钻过，也有时候直接开车送过边卡。他还可以陪同客人偷渡，收费标准是7000比索（约合人民币2520元）。

在美国一方有他的同伙负责接收越境后的非法移民。当纳乔接到客人已经顺利上车的电话，这桩生意即告结束。假如行动失败，偷渡客被驱逐后返回原地，纳乔还可以另想办法再试。每月情况不尽相同，有时候可以完成十多人的偷渡。

"客人从墨西哥各地来到这儿，太平洋沿岸的纳亚里特、库利亚坎、中部地区的伊拉普阿托、瓜纳华多……上有老，下有小，什么人都有。不少孩子只是想见在美国生活的母亲。我不贩毒，说白了，我只管运人。"

偷渡总要冒着被捕坐牢的风险。尽管与20世纪90年代和21世纪初的几年相比，目前在边境一带逮捕的非法移民减少了许多，可是2017年还是逮捕了30万人。"摆渡人"经常与毒贩子等犯罪分子互相勾结，对非法移民施暴或强奸的案件也时而见诸报端。

"我们从来不干那种事儿。那些过分事儿全是美国的那帮家伙干的。"

金融危机爆发后，偷渡到美国的墨西哥人趋于减少，取而代之的是来自中南美洲的偷渡客。他们趴在货运列车的车顶上进入墨西哥，然后藏在卡车或者平板拖车的货柜上前往美国。其中，因为长时间处于密不透风的状态，时而爆出卡车内发现死尸的新闻。2018年10月以来，一场代号为"大篷车"（Caravan）的7000人移民大军挺进美国的行动引起世界的广泛关注。在贩毒团伙之间内讧激烈的洪都拉斯的带动下，中南美洲的许多移民为逃离本国暴力而投奔美国。

"实际上，特朗普当选为总统以后，我的客人开始减少。再说，大家也都不愿意再花这笔钱了。"

纳乔当"摆渡人"的起因是为了生存。他小时候经常忍饥挨饿，父亲是保安员，挣钱不多。后来，为了帮助父亲养家糊口，12岁他就给"摆渡人"打下手。学会了偷渡方法之后，他开始招揽生意，自己单干。如今，18岁的纳乔已经娶妻并且有了两个孩子，而他却始终没有把自己干的事情透露给家人。

"我跟家里人说是搞建筑的。有一次被美国的边境警备队抓走了，弄得我很狼狈，只好对家里撒谎，说是因为倒卖毒品被抓到的。老街上的小伙伴们还在上学念书，争取有个好学历。看看自己，我也觉得太没出息了。"

我问了问，他的学历只有小学一年级。

他自己主动说出以前被边境警备队逮住过一次，如果当时警方知道他是"摆渡人"，肯定要以协助偷渡罪论处。所以，他当时是假扮成非法移民陪客人一起偷渡蒙混过关的。三天后，他毫发未损，被驱逐出境，又回到了蒂华纳。

"如果'摆渡人'身份暴露给了墨西哥警察，我就得去坐牢。可我们是为了活命才和他们对着干的。特朗普要修墙，没关系。反正我们是跳过去的，谁也挡不住呀！"

"摆渡人"这份差事风险高，与赚到手里的钱却似乎不成正比。简单计算一下，如果每月送走10人，能挣到3万比索（约合人民币1.07万元），但必须向贩毒团伙交纳保护费，否则，这碗饭就别想再吃了。所以，到手的钱并不可观。尽管如此，对毫无学历可言的纳乔本人来说，除此以外别无谋生之道。

墨西哥人与"性侵"（Chin-Girl）

获得诺贝尔文学奖的墨西哥诗人、外交官奥克塔维奥·帕斯在他

1950年出版的《孤独的迷宫》里尖锐地揭示出墨西哥的国民性——"用谄媚一笑武装自己，祭祀以外从不敢开胸襟。"在这句话的背景里有那段让墨西哥挥之不去的"统治与服从"的黑暗历史。

人们所知的玛雅文明和阿兹特克文明，是哥伦布"发现"美洲大陆前的墨西哥高度文明绽放出的灿烂之花。在公元3世纪到9世纪的尤卡坦半岛，玛雅文明不断进步，完成了20进制运算法则、精准的历法、图画文字和金字塔形的建筑等独特的进化过程。墨西哥的中部高原地区也紧随其后，自12世纪以来，阿兹特克人建立的信仰太阳神的阿兹特克王国，繁荣昌盛，歌舞升平。

然而，这一片太平景象在16世纪初落下帷幕。由于西班牙征服者科尔特斯的入侵，阿兹特克王国灭亡，从此开启了西班牙对墨西哥的统治时期。

西班牙人的统治极为残酷。随着矿山的开发，劳役和瘟疫致使原住民人口锐减。有一种说法认为墨西哥曾经拥有2500万人口，到了16世纪结束时减少到了100万。同时，在西班牙人的统治下，男性白人与原住民女性之间生下许多"梅斯蒂索混血儿"。包括"梅斯蒂索混血儿"在内的混血儿比率占到墨西哥人的八成多。

如此复杂的人口成分严重影响了墨西哥人的精神世界——帕斯如是说。

"Chin-Girl"是墨西哥独特的西班牙语词汇，它的唯一解释是"性侵"。这个特殊词汇反映了西班牙征服者强暴原住民女性的历史。墨西哥社会人类学高级研究所所长平井申治指出，对于这个词汇，可以用二元化的修辞理论加以理解，即主动型、攻击型和孤傲型的男性对被动型、无防备和开放型女性的暴行。

"对于墨西哥人说，人生要么是主动'性侵'，要么是被动'性侵'，二者必居其一。"正如帕斯所表述的这样，这个词汇的出现应该体现了墨西哥人的精神屈辱和自卑意识。

帕斯认为，既然是被西班牙人"性侵"的原住民妇女的子孙，墨西哥人便不能百分百地积极把握"生"，对"死"也看得比较淡薄。他们不怕死，敢于面对死，并且对死报之以冷笑。地摊上摆着触目惊心的骸骨，"亡灵节"期间享用骨骸形状的糕点，这些现象肯定与帕斯阐述的墨西哥人的精神世界密切相关。

当然，近期的经济增长让墨西哥人对本国的发展充满信心。当初帕斯分析的对象是他们的祖辈，墨西哥人的精神世界或许在发生变化。然而，看到贩毒团伙伤天害理残忍地玩弄被自己杀死的对方的尸体时，我顿时感到帕斯当年的指摘并没有过时。

这是一部被大国持续"性侵"的墨西哥史，而且不仅是被西班牙。1821年，墨西哥宣布独立，脱离西班牙的统治。然而在墨西哥政局未稳之时，美国乘虚而入，吞并了得克萨斯（1845年），美墨战争迫使墨西哥割地（1848年），其后的"盖兹登购地计划"（1853年美国收购亚利桑那南部和新墨西哥的部分领土）又夺走了加利福尼亚、亚利桑那以及科罗拉多等墨西哥的半壁山河。

1876年至1911年，波费里奥·迪亚斯总统连续执政35年，在这段独裁统治的时期，墨西哥实现了经济繁荣。但是，由于积极引进外资，铁路和矿山等归美国人所有的比例不断增加，工业化造成的贫富差距越来越大，以工人为代表的下层阶级生活极度贫困。时至特朗普执政的今天，诸如重新修订移民政策和《北美自由贸易协定》等来自美国的"性侵"，仍在墨西哥继续上演。

不过，如果从经济方面观察，墨西哥的自卑意识正在消散。

这一点在第九章里另有陈述。在蒂华纳，以对美出口为先决条件的外资企业大量增加，他们充分利用免除附加在原材料和零部件的进口关税和附加值税的 IMMEX（以前的保税加工出口政策）发展生产，为当地新添了就业岗位。在克雷塔罗、瓜纳华托、阿瓜斯卡连特斯等墨西哥中部高原，世界各地的汽车生产厂家为了得到优秀而廉价的劳动力，纷纷来到这里建厂。如果说这是全球化企业对劳动力的剥削也无可非议，但是，工资水平相对较高的制造业不断产生新的就业岗位，对中产阶级的诞生而言将是一个十分重要的孕育过程。

事实上，在蒂华纳和诺加莱斯等边境城市，面向中产阶级的住宅正在陆续兴建。在重新谈判《北美自由贸易协定》中产生了新的"美国、墨西哥、加拿大协议（SMCA）"，未来将在很大程度上影响到墨西哥的汽车生产。然而，中产阶级不断壮大的时代潮流还将滚滚向前。

坦率而言，这个难得的机遇并非能够惠及每一位社会成员。墨西哥人的收入差距，即上层20%与下层20%的人收入之比较结果，约为10倍，在经济合作与发展组织（OECD即"经合组织"）的36个成员国里处于最差水平。在墨西哥，既有利用通讯自由政策敛财的卡洛斯·斯利姆之类的大富豪，也有占全国人口45%的1.2亿人仍然处于贫困线以下。开始壮大的中产阶级让人们看到了希望，然而像纳乔这类低学历的年轻人，每天还在为了起码的生存而打拼。

在蒂华纳遇到的玛利亚也是其中一位。

蒂华纳有名的夜总会——"香港绅士俱乐部"

购买蒂华纳的美国人

33岁的玛利亚在一家美甲店上班，她从15岁那年开始到2017年改邪归正，在长达17年的时间里，一直在蒂华纳和近郊小镇上靠卖身为生。她说，生意最旺的时候每天接客15人左右。

玛利亚开始卖春也是为生活所迫。她是全家八个孩子中的长女，母亲也做过站街女。因为家里很穷，仅为小学毕业的玛利亚只能卖身。家里的兄弟姐妹都已经高中毕业，但他们始终不知道自己的学费是大姐靠出卖身体挣来的。

"虽然没有见过母亲卖春的地方，但我经常见她晚上出门，很晚才回来。后来她病死了。我至今没有和兄弟姐妹们见过面。"

墨西哥蒂华纳的红灯区和为数众多的"站街女"

　　玛利亚15岁来到了蒂华纳，此前住在瓜纳华托州色拉亚，那里有本田汽车的生产基地。瓜纳华托和邻近的克雷塔罗，还有阿瓜斯卡连特斯，都是欧美和日本的汽车工厂扎堆的地方。汽车产业带来的大量就业机会，让这些城市的规模发展得越来越大。

　　其实，汽车产业在墨西哥蓬勃兴起之类的故事，对于2000年就已经离开色拉亚的她来说无关痛痒。但是，《北美自由贸易协定》生效后，反而让她本来就贫穷的生活雪上加霜。价格低廉的美国玉米大量进口，让玛利亚祖父这样的小农户蒙受了致命打击。她的祖父在她出走蒂华纳之前也去世了。

　　在许多情况下，站街女为了避免与嫖客发生矛盾，往往与皮条客联手，事实上，走在蒂华纳的大街上，在那些主动勾引男人的女人背后，应该说肯定有几个彪形大汉眼睛正在放光。遭到皮条客的殴打和盘剥也令她们有苦难言，但是毕竟可以避免与嫖客直接发生冲突。不过，玛利亚还是愿意自己接客。

玛利亚说，她现在有三个孩子。头一个孩子是她15岁时生的，第二个是16岁、第三个是19岁生的。三个孩子的父亲不是同一个人。

　　"你是说，这些孩子都是和客人之间生下的？"

　　"……"她点点头。

　　"孩子们的父亲不同？"

　　"嗯。有一个是被人强奸后出生的。"

　　"顺其自然就生下来了？"

　　"当然了。"

　　"这种情况多吗？"

　　"很多。"

　　"打你，不付钱就跑了，这种事情经常有吗？"

　　"我总是向神祈祷，送给我一个善良的客人吧！"

　　"客人都是些什么人？"

　　"有墨西哥人，也有美国人。有帮人偷渡的'摆渡人'，也有毒贩子。"

　　"贩毒团伙的人，你认识很多吧？"

　　"嗯。很多。他们当时都是客人。"

　　"想没想过去美国？"

　　"我没钱给那些'摆渡人'。我觉得去美国的人都很勇敢，一个个都值得我尊敬。"

　　"孩子都在干什么？"

　　"老大正在读高中，老二明年升高中，最小的上初中呢。"

　　"孩子们知道你在干什么吗？"

　　"知道。"

　　"他们居然知道？"

"知道了我是干这个的，孩子们都哭了。可是最后还是理解了我。常有同行的姐妹因为艾滋病丧命，所以我也想过，干脆不干了。"

"将来的理想是？……"

"健康地活着，想看到儿女和孙子长大成人。想给孩子们更好的教育，因为我不想让孩子们走上和我一样的人生道路。"

美国正在筑墙，试图阻止移民和毒品流入。但是，真正的消费者却是美国，形成因果关系的另一端也是美国。

暗中看一眼纽约餐厅的后厨，恐怕总有一两个人是非法移民。自特朗普政府上台以来，这个数字虽然有所减少，但是建筑工地、农牧林场、卡车司机……也是由非法移民支撑的。尽管在墨西哥等国吸毒成瘾的人也有增无减，然而毒品的最大消费国是美国，蒂华纳的红灯区里寻花问柳的还是那些美国人。

俗话说"有钱能使鬼推磨"。美国的经济实力依然强大，依然稳居全球吸引力的核心位置。如今的墨西哥还在忍受美国的"性侵"，其他国家也是如此。

第三章

边境VS边境居民

走向分裂的"双子城市"

📍 亚利桑那州诺加莱斯

特朗普总统为了让自己的筑墙计划和移民政策合法化，不惜将边境地带渲染为危险地区。

　　虽然这里经常发生的毒品走私和非法移民的偷渡均为事实，然而生活在边境地区的人们绝大多数都是普通居民，都是希望给孩子提供美好生活机会的普通父母。

　　住在边境小城亚利桑那州诺加莱斯市的美国居民，也对特朗普总统捏造的边境印象感到困惑和愤怒。

美国与墨西哥的边境城市——亚利桑那州的诺加莱斯。

　　在前往诺加莱斯的高速公路上，不同路段的限速标识从英里变成千米。因为美国以英里表示时速，墨西哥则用千米，到了边境附近，这些限速标识需要切换。

　　诺加莱斯是一座横跨美国亚利桑那州和墨西哥索诺拉州两边的"双子城市"。历史上，诺加莱斯曾是一个完整的小镇。1853年划定了现在的国境线，这座小镇便一分为二，分属于两个不同的国家。但是，当地人恰如其分地将这里称为"两边的诺加莱斯"（Ambos Nogales），虽有国界从中穿过，但就人们生活的社区本身而言，基本上还是连为一体的。

　　边境两边互有家人和亲戚居住，天经地义。这里几乎所有的居民都会讲英语和西班牙语。为了工作、购物和上学等，他们在日常生活中需要在边境线上穿来穿去。"两边的诺加莱斯"宛如一对面向山峰峡谷敞开胸怀的"孪生姐妹"。山峦起伏的边境线俨然成为一道难以形容的独特风景。

2018年12月初，在墨西哥一侧的诺加莱斯·索诺拉举办了一场边境青少年联欢活动。

这是一场名副其实的"联欢"，我实地采访墨西哥这一侧时，孩子们正在紧靠边境线的场地上打网球。诺加莱斯·索诺拉有名的乐队"乐口友大"在临时搭建的舞台上现场演奏，当地舞女身着墨西哥传统服饰翩翩起舞。口岸前等待接受边检的人们在舞台周围排起长队，他们用新奇的目光欣赏乐队演奏和舞蹈表演以及那些打网球的孩子们。

这场活动主办单位是边境青少年网球交流协会（以下简称"BYTE"）。这个团体在诺加莱斯·亚利桑那设有教育基地，为边境两边的孩子们免费进行网球培训，开展校外活动。

"两边的诺加莱斯"，尤其是墨西哥一侧的诺加莱斯·索诺拉，穷孩子们几乎没有接触网球的机会。2015年，原职业网球选手查理·卡图拉在这里成立了网球学校，让两边的孩子们学打网球。现在，诺加莱斯·亚利桑那和诺加莱斯·索诺拉大约有100个孩子经常参加BYTE组织的校外活动。

当初，边境青少年联欢活动准备在横跨隔离网的边境两边同时举办，但是，由于当时发生的上千名中南美洲移民集体投奔美国的"大篷车事件"在世界上闹得沸沸扬扬，这场活动没有得到美国方面的批准，只好在诺加莱斯·索诺拉一侧举办。

BYTE 苦心策划主办这项活动的对外理由是，与边境两侧的孩子及亲属一起共同庆祝 BYTE 成立三周年及其活动成果。其实他们还有另外一个理由——让世界了解边境社区的真实面貌。

特朗普入主白宫以后，边境地区的安全保障上升为政治问题。从他呼吁的筑墙计划也可以看清，特朗普总统已经将边境地区视为非法入境的犯罪分子和贩毒团伙猖獗的危险地带。

然而，住在边境社区的大多数人都是过着平凡生活的普通居民，父母的最大愿望是让孩子有机会过上好日子。而且，诺加莱斯是美国文化与墨西哥文化水乳交融的城市，其本身具有承载一切的包容能力。BYTE 之所以策划这场边境线上的联欢活动，目的就是想把这里的现实情况宣传出去。实际上，诺加莱斯·亚利桑那和诺加莱斯·索诺拉这对城市的两位市长以及许多人士都出席了12月举办的这场活动。

其实，关键的边境墙虽然尚未动工，而特朗普政府通过缩小移民范围，采取关税措施，已经在事实上逐步关闭边境。有不少美国人对特朗普的为人和政治手腕虽不感冒，但是对他严格边境管理的基本方针表示理解。如果以合法移民的身份通过正规途径入境而不是偷渡，许多人还是乐于接受的。靠"墙"来解决问题有些极端，但特朗普总统加强边境管理和对非法移民的防控措施得到了一定程度的支持。

BYTE 的发起人卡图拉在他打网球的年代，曾经作为国际网球联盟（ITF）注册的职业选手转战中南美洲和欧洲，鼎盛时期每年参加20余场比赛。他作为网球选手虽然身材矮小，却能以网坛职业选手的身份打遍世界，正是得益于他有一副钢铁般的健壮体格。培训活动一开始，孩子们都喜欢直接朝他奔去，性格开朗、为人热情的卡图拉不愧为这个时代的好青年。

自由奔放的男人

在父亲的影响下，卡图拉从两岁起就学网球，在少年组网球圈内小有名气。20岁的时候，他在全美大学体育协会主办的网球赛事中多次获得冠军。然而他在ATP（男子职业网球协会）的排名仅为第1420位，从职业网球的角度来看也只能算是战绩平平。

排名靠后的悲哀集中体现在奖金上，与顶级选手参赛不同，轮到卡图拉出场的比赛奖金少。仅凭这点奖金，他无法凑齐参加下一轮比赛的经费。因此，他为了节省旅费，只好不断参加周边国家的比赛，路上选乘普通巴士。为了提升排名，获得参加职业选手活动的资格，他付出了力所能及的努力。为了拿到出场费，他还经常参加与排名无关的比赛。其实在这类比赛中即便获胜，奖金也少得可怜。最后，难以为继的经费让他心灰意冷，他的职业网球生涯只维持了两年。

"不打网球是因为经费供不上。另外，妻子斯特凡妮从研究生院毕业，在很大程度上也让我觉得安心生活的时机到了。"

告别了职业网球，卡图拉在加利福尼亚州一家网球俱乐部谋到了一份教练工作。

卡图拉过上了普通人的日子。出于对中南美洲国家的同情，他在诺加莱斯成立了BYTE。在美国西北部俄勒冈州那片自由豪放的土地上，有一座远近闻名的内湖城市——波特兰。在那里土生土长的卡图拉向我介绍说，波特兰虽然远离边境，可他自幼喜欢学说西班牙语，对西班牙语情有独钟。他在中南美洲参加巡回比赛时住在民宿家庭里，这户人家经常到当地网球俱乐部打球。

本来，能够常到网球俱乐部打球的家庭基本上属于当地的富裕阶层，而富人生活与普通百姓格格不入。卡图拉去过的墨西哥、委内瑞拉、危地马拉等国家都是穷国，社会矛盾非常突出。在巡回比赛中，他虽然住在富人区里，心里惦记的却是自己应该为普通百姓做些什么。

当了两年的网球教练，卡图拉认为自己的生活并不充实，每天在球场里连续执教几个小时，体力上也有点吃不消，但更重要的是他觉得当一辈子全职教练枯燥无味。因此，他决定去研究生院继续深造。与生俱来的自由秉性，加之在中南美洲的所见所闻，让他选择了国际关系与人权专业。

上学后为了调研博士论文的课题，卡图拉又作为志愿者到旧金山难民救助机构从事西班牙语的翻译工作。负责运作该机构的民间团体主要支援那些将被驱逐出境的非法移民。在他工作的一年半时间里发生过五起诉讼案，住在这里的大部分人是为了逃避家庭暴力的危地马拉妇女。卡图拉听她们说起过那些撕心裂肺的往事。

移民制度属于国家治理体系。既然是法治国家，如有违法行为只能接受驱逐出境的处罚。但是，观察每一个难民的具体情况，他们都有自己迫不得已选择所谓非法入境的背景。于是，卡图拉开始密切关注投奔美国的这部分难民。为了避免这类悲剧重演，他开始思考为孩子们提供机会的重要意义。这便是他目前开展社会活动的出发点。

在难民救助机构里担任翻译期间，卡图拉还在旧金山的圣昆廷州立监狱教犯人打网球，辅导考生如何写作等，积极参与多种社会公益活动。

2014年夏天，推进美国和墨西哥文化交流的非营利组织——边境社区联盟——来到研究生院举办讲座，让生活在旧金山的卡图拉知道了远在边境的诺加莱斯。这个团体提出的加深社区交流、促进相互理解的建议引起卡图拉的共鸣。于是，卡图拉决定去这个非营利组织实习，并且在实习期间萌发了一个想法，为这座跨国城市提供网球培训与课外教育的机会。

与旧金山之类的大城市不同，在边境小城里几乎没有接触网球的机会。卡图拉心想，发挥自己网球的一技之长，便能为当地作出贡献。当设在诺加莱斯·索诺拉的孤儿院和社区中心的网球学校启动时，孩子们极高的参与度也成为卡图拉成功的佐证。

妻子斯特凡妮说："我认为，他在中南美洲的经历和对网球的热爱，这两个理由足以促使他下定决心在诺加莱斯发展，通过网球向需要帮助的社区伸出善良的双手。"

家乡的自豪感与"讲故事"

我采访过为BYTB提供活动场地的诺加莱斯·索诺拉的一座教堂。

这座教堂位于边境线以南一刻钟车程的地方。汽车沿着砂石路一直向前开，便是我要采访的鲍思高教堂。周围的土坡上有一排排用木板撑起屋顶的简易房。墨西哥各地的人们聚集到经济持续增长的诺加莱斯寻找工作。这座在2000年时约有15万人的小城，如今发展到了24万人。眼前的这片简易房便是远道而来的务工者私搭乱建的贫民区。

我曾经走访过巴西的里约热内卢、委内瑞拉首都加拉加斯、墨西哥的华雷斯等中美洲城市的贫民区，到处充满了火药味，我也曾在踏入贫民区的瞬间被当地居民们包围过。然而在诺加莱斯，也许是因为这里正处于经济增长阶段，贫民区的上空洋溢着自由自在的宽松气氛。

位于诺加莱斯·索诺拉贫民区的鲍思高教堂

　　鲍思高教堂为了帮助双职工的穷苦人家照顾孩子，在教堂里设立了青少年交流中心，让放学后的孩子们到这里活动。

　　"这一带是贫困阶层的人比较集中的社区，让孩子们能够得到发展的机会非常有限。其实，我们主要是让孩子们体验到他们从未参加过的体育运动。诺加莱斯的有些孩子在足球、拳击之类的项目上还是很有天赋的。他们也一定有打好网球的潜在能力。将来的网球明星，说不定就是从咱们这儿走出去的！"

　　神父弗兰西斯科·桑切斯说完，自己也笑了。

　　"教30个孩子打网球，可把我忙坏了。"卡图拉回顾道。BYTE 最初安排的校外活动只限于网球。随着跑到鲍思高教堂和孤儿院来玩耍的孩子越来越多，他觉得自己能够给孩子们提供的受教育机会还是太少。

孩子们在当地小学读书，学校里的课程比较传统，比起美国的小学课程缺乏吸引力。许多孩子家里穷得缺吃少穿，没有一个安心读书的环境。面对这种情况，卡图拉在想，如果能够向传统学校注入他们所缺乏的新鲜内容，孩子们对学习是不是更感兴趣呢？

这时候，卡图拉遇到了一位女性——杰克尔贝丽·冈萨雷斯·艾尔蒙希，大家平时都习惯叫她杰姬。

32岁的杰姬是土生土长的诺加莱斯人，单身妈妈，母语是西班牙语，讲英语也没问题。她留着男孩般的短发，鼻梁上架着一副圆圆的宽边墨镜，骑着"迷你"摩托车在街上跑来跑去，令人根本想不到她是一个12岁孩子的妈妈。

这位 BYTE 课外活动的优秀组织者最擅长的是教孩子们"讲故事"。课外活动也设有算数及科学方面的科目，而"讲故事"应该是最具 BYTE 特色的一项活动。

这里的"讲故事"，指的是用制作视频的方法，讲述自己的故事。

首先，她让孩子们用自己的感觉去拍摄照片和视频、作画，内容不限，家庭、生活和校园均可。然后，辅导他们用自己的声音为每幅照片、视频和图画配上解说词，最后合成为一部完整的视频作品。

为什么杰姬鼓励孩子们自己动手"讲故事"呢？一个原因只是为了培养孩子们的兴趣。"讲故事"这项活动重在参与，开始时孩子们扭扭捏捏的，多数孩子是第一次接触平板电脑。然而他们很快就进入了角色，眨着一双好奇的眼睛投入到制作视频的活动中。

杰姬策划这项活动的另一个目的是增加孩子们的自豪感，让孩子们为自己生活的这座美好的城市感到自豪。平时他们被人灌输的看法是"边境是贩毒和犯罪的温床"，给他们留下的印象普遍是"边境是威胁美国安全的危险地区"。事实上，贩毒团伙虽然有，但他们的行为对诺加莱斯这座城市无足轻重。参与偷渡、走私毒品的居民当然也有，但是24万居民中的绝大多数都是安分守己的普通人。

　　家庭、学校、饮食、兴趣……将在自己身边的事情制作成故事，表现丰富多彩的边疆文化。看到一些对家乡的负面宣传，杰姬感到屈辱，她希望孩子们通过"用视频展示自己生活"的制作过程，重新认识自己的美好家园。所以，她把自己的这份爱心倾注在"讲故事"的每个步骤里。

横贯诺加莱斯市区的美墨边境

单身妈妈与女性创业

对于杰姬来说，致力于教育活动本身的意义不仅在于改变美国人对边境的成见，还在于不断改变墨西哥人的传统观念。

杰姬是家中七姐妹里最小的一个。其他姐妹不是高中毕业就是初中毕业，而她却一枝独秀，考上了大学。杰姬认为自家的生活水平"中等偏下"，在用钱上并不宽裕，可父母还是希望把成绩优秀的小女儿培养成才。可惜她在20岁那年怀孕了，只好放弃了学业。

从那以后，她与女儿的父亲开始一起生活。等女儿3岁时，她希望自己能够重返校园。她把自己的打算告诉给了他，与他商量。可是在父系家族色彩浓郁的墨西哥，做母亲的就应该守在家里操持家务、生儿育女，这种观念至今根深蒂固，杰姬上大学的美梦也同样遭到了他的反对。结果，杰姬让自己变成了单身妈妈，选择了一条自强自立的人生之路。

在墨西哥，一边抚养孩子一边上学的单身妈妈并不稀奇。因为无人照看孩子而放弃学业的单身妈妈也不少见。

"我尊重那些相夫教子的家庭主妇，可我不愿意那么做。我想多学习，想获得更多的知识，想做更多的事情。既然有了这个想法，我就必须跟未来的命运较量一番。"

类似杰姬的单身妈妈不限于墨西哥，在中南美洲所有国家因为怀孕而中断学业的女性很多。纵使她们后来又想上学，可是整天忙于照顾孩子，实现重返校园的理想困难重重。在妇女参与社会已经得到全社会普遍理解的今天，让她们仍然陷入贫困的主要原因是低学历和技能欠缺。

改变这种落后的文化面貌，必须从教育入手。正是因为杰姬具备了这种思想，她才如此重视教育。

后来，精通丝网印刷技术的杰姬又开始在诺加莱斯的社会团体里担任摄影和美术老师，为的是改善自己的生活条件。自从她在当地高中担任了艺术和文化的辅导员之后，与 BYTE 开展的社会活动一拍即合。2018年12月，她兴高采烈地拿到了大学毕业证书。今后，她打算一边在BYTE 组织校外活动一边考研。

以上介绍的是我在诺加莱斯这座"双子城市"里认识的卡图拉和杰姬。促成这两位同龄人走到一起的关键人物是另外一位女性，在诺加莱斯·索诺拉社区财团担任秘书长的阿尔玛·科塔。以当地企业主为基础成立起来的社区财团，在资金和人脉方面积极支持诺加莱斯·索诺拉发展社区商业活动。负责全面运作的阿尔玛是这个财团事实上的领导人。

社区财团在诺加莱斯·索诺拉的迅速发展中应运而生。在过去的20年里，这对"双子城市"的规模基本相同，现如今，属于墨西哥一侧的诺加莱斯·索诺拉人口迅速膨胀，其规模是诺加莱斯·亚利桑那的10倍以上。而带动城市快速发展的是曾经的边境地带加工出口区和现行的IMMEX（出口制造加工和服务政策以及出口服务和加工区）。

1965年开始创办的加工出口区依托墨西哥的保税加工制度，对原材料和零部件的进口一律免除关税和附加值税。这种做法或许也可以看成是墨西哥向美国变相输出廉价劳力的一种机制。后来，这种机制升级为审批条件从严的 IMMEX。

中国加入世界贸易组织的2001年以后，加工贸易及保税政策下的墨西哥制造业遭遇到一股逆流。然而随着中国的人工费上涨，墨西哥的边境城市作为"美国工厂"而东山再起。尤其是最近几年，美国经济也开始增长，诺加莱斯围绕IMMEX的用工需求进一步扩大。

"三年前有300名从业人员的企业，现在达到了1000人。过去的三四年间，许多企业的用工量都在增加。" 诺加莱斯·索诺拉的注册会计师路易斯·托雷斯说。

结果，一批又一批的中产阶级在这里诞生。诺加莱斯·索诺拉郊外一片整齐的住宅区，让我想起了日本经济高速发展时期的"团地"，即集中新建的高层住宅区。而这里是外资企业为工程师和经理等中层干部准备的高档住宅。

的确，人口剧增导致诺加莱斯·索诺拉的贫民区恶性膨胀，空巢老人、孤儿和残疾人不断增多，让社会背负起沉重的包袱。而社区财团成立的初衷正是为了支持那些热心解决社会问题的民营企业。

为低收入群体生产特制轮椅的弗兰西斯科·特鲁希，也是社区财团的支援对象。在墨西哥，饮食生活的变化导致糖尿病患者增多的情况比较严重，有不少人因为糖尿病并发症而截肢。但是，对于贫困的人们来说，轮椅属于高不可攀的奢侈品，再加上路况不好，普通轮椅使用困难，特鲁希便研发出一种在路况不良的条件下也便于使用的特制轮椅。

阿尔玛说："社区财团支援的各类团体大约有80个，比如支援唐氏综合征患儿家庭的社会团体、以少女为安抚对象的孤儿院、反对设置路障的活动小组等。不仅给予资金补贴，从董事会的成立方式到当地政府的网络建设等涉及创业的方方面面，我们都给予帮助。"

总之，阿尔玛和她的社区财团像一个支点，从侧面撬动诺加莱斯的未来发展。

阿尔玛与卡图拉相遇是在2015年。这一年，卡图拉因为参加社会实践活动来到诺加莱斯，为缺少锻炼机会的孩子们提供网球和教育方面的活动项目。阿尔玛赞成卡图拉的这些做法，把诺加莱斯·索诺拉的关键人物主动介绍给了他。现在，为 BYTE 提供活动场地的鲍思高教堂和孤儿院都离不开阿尔玛的帮助。正是因为有阿尔玛从中斡旋，卡图拉与诺加莱斯·索诺拉的市长及企业界人士之间保持着良好的合作关系。

"当我第一次见到阿尔玛时心情特别激动。她这个人非常热情，举止优雅，充满朝气，简直就是这个边境社区的形象代言人。当时，我立刻向阿尔玛汇报了自己的想法，结果她把我提出的所有诉求都优先落实了。有了她，才有了 BYTE 的今天。"卡图拉说。

阿尔玛也是杰姬崇拜的偶像、奋斗的目标。阿尔玛在墨西哥著名的蒙特雷科技大学攻读过工商管理学，是她所处的那个年代寥寥无几的高学历女生之一。她曾经一边照顾孩子一边教课，后来成长为社区财团的干部，从当地财界到福特财团，建立起了广泛的人际关系。从特朗普政府到经济形势，阿尔玛能够用自己的话分析得头头是道，让杰姬佩服得五体投地。杰姬希望女性有更多的成长机会，始终把阿尔玛奉为至高无上的楷模。

坚决支持杰姬重返大学的人也是阿尔玛。杰姬选择了单身妈妈的人生道路，渴望重新学习，但是工作与孩子让她忙得团团转，一直未能实现自己的大学梦。阿尔玛反复说服杰姬，劝她无论如何也要读完大学。因为阿尔玛早就明白，想从贫困的旋涡中摆脱出来，学历和技能是不可缺少的先决条件。当卡图拉挑选优秀教师时，阿尔玛把 BYTE 介绍给杰姬，主要是考虑到 BYTE 的工作时间比较灵活。

山岗上的胡桃

　　说起诺加莱斯这座城市的起源，可以追溯到1841年西班牙政府将这片土地变卖给埃利亚斯家族的时候。"诺加莱斯"在西班牙语里指的是胡桃，在这里的山岗上曾经种过胡桃树，遂取名取为"Los Nogales de Elias"。在美墨战争和其后的"盖兹登购地"事件中，两国把边境线画在了诺加莱斯的正上方。从此，原本的共同家园一分为二，分属异国，踏上了命运迥异之途。

　　说起这里的边境摩擦，也不是现在才有的。其实，最初在边境线上拉起铁丝网的是墨西哥。

　　1910年，墨西哥革命发生后，美国唯恐殃及自己，立即将军队部署到了诺加莱斯。当时，墨西哥的索诺拉州政府在这里拉起一道铁丝网，其后两边也屡次发生过警备队开枪之类的小规模冲突，而这类司空见惯的小打小闹，对于两边的居民来说无关痛痒。

　　自从开通了铁路，许多开拓者从内地移居到诺加莱斯·亚利桑那。他们中间有不少人与诺加莱斯·索诺拉的居民通婚，于是，两个诺加莱斯的关系进一步加深。据说在美国发布禁酒令的那些日子里，每天都有诺加莱斯·亚利桑那的居民跑到诺加莱斯·索诺拉的酒馆里喝酒。别看这里有一条看得见的边境线，在实际生活当中，这道所谓的边境线形同虚设。

　　"如果追根溯源，大家都有相同的血缘关系。所以，把这个城市里的居民说成是一家人也不为过。"诺加莱斯·亚利桑那的市长约翰·F.多伊尔如是说。

两边的诺加莱斯市关系密切，一直保持到最近。据1986年《洛杉矶时报》报道描述，每到清晨或者傍晚，上学的孩子们总是在边境的口岸前排起长队。诺加莱斯·索诺拉的家长想让孩子学英语，而诺加莱斯·亚利桑那的家长想让孩子学西班牙语。因此，他们便把自己的孩子送进了互为对方的学校里。

行政部门之间也有过密切合作，诺加莱斯·亚利桑那那边失火，诺加莱斯·索诺拉这边的消防队立即赶到现场。反之，诺加莱斯·索诺拉失火，也会享受同样的待遇。据报载，当时还有墨西哥人在诺加莱斯·亚利桑那的市政府里上班。

现在，政府间的合作关系勉强存续。边境口岸前仍然有诺加莱斯·索诺拉的孩子前往诺加莱斯·亚利桑那，到美国学校上学。然而，20世纪90年代设置在边境线上的隔离墙形成了一道物理屏障，2001年的"9·11"恐怖事件发生后，美国对边境的管制更是一味地严上加严。

上班和上街购物的人们在边境线上来来往往。去诺加莱斯·亚利桑那的沃尔玛看看，恐怕有一大半顾客来自诺加莱斯·索诺拉，人们的邻里情没有改变。但是，随着"时间"的壁垒越来越高，越境的人数也在渐渐减少。

"我小的时候，从来没把过境当成事儿。可是现在呢，口岸前等待接受边检的队伍越排越长。以前需要十分钟，如今要花费两个小时。简直是疯了！"诺加莱斯·索诺拉的市长赫苏斯·安图尼奥·普约尔·伊拉斯图尔扎说完，叹了口气。

诺加莱斯·索诺拉的城市规模扩大了，不了解诺加莱斯历史的人增多了。至于这两个诺加莱斯的邻里情还能维持多久，谁也说不清楚。

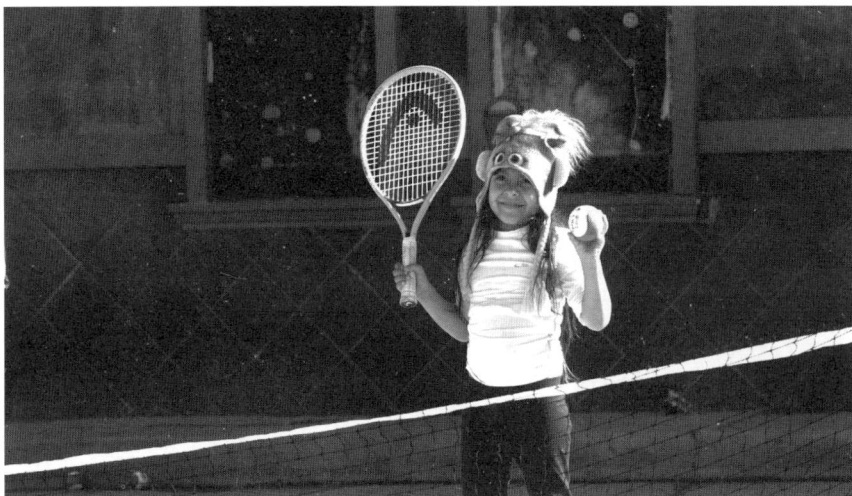

在边境交流活动中打网球的小姑娘

　　加强边境管理是一股世界潮流，不是网球交流所能够左右的。但是，卡图拉和杰姬始终相信，在边境的大门越关越严的当今时代，这类有助于加深双方社区相互理解的具体行动绝不是徒劳的。人与人的互相交流、互相理解，这才是重新敞开边境的希望所在。

第四章

枪支管制VS持枪人

枪支管制反对派的逻辑

內华达州拉斯维加斯

每当滥杀无辜的枪击事件发生后，美国关于枪支管制的争论便喧闹一时。

最近，许多年轻人以社交媒体为武器力挺枪支管制，然而从州政府层面来看，对于枪支的管制正在趋于缓和。

全美步枪协会（NRA）的"花钱助选"和游说活动，给共和党和州议会造成的压力众所周知。

然而，枪支管制毫无进展的原因未必仅限于此……

"你问我手里为什么有枪？——是用来保护这台照相机的啊！这儿的器材加起来一共值1.5万美元到2万美元哪！比这辆汽车还贵。所以，我总是随身带把手枪。"采访的镜头切换到内华达州的拉斯维加斯……在2017年滥杀无辜的枪击事件发生地、紧挨着曼德雷海湾赌场酒店的射击场里，休·马卡拉这么说道。

带枪的色情摄影师

2017年2月年满80岁的马卡拉，是一个靠兜售色情照片给成人杂志养家糊口的自由摄影师。他已经有20年的持枪经历。或许是年事已高，他摆弄枪的样子让人看了提心吊胆。

他说自己初次购枪的时间大概是1996年。当时他购买了一套高档数码照相机，为了防止有人抢劫，他特意考取了持枪资格。

"没错！我记得自己只用了一天的时间，就通过了持枪资格的考试。说起上课和技能考试，那些考题简单得令人后怕，而且还没有要求我当场测试精神状况。假如我神经不正常，外人也看不出来啊！"

在美国，各州有各州的规矩。在内华达州购买枪械需要查验本人身份。另外，持枪外出时如果把枪藏掖在外衣里或者其他部位，必须得到当局的批准。只有联邦政府特许的枪械商店，才有资格对购枪者进行背景调查。这项规定对于占到全部枪支交易40%的私下买卖是行不通的，家庭内部的互相转让也如此。

"只要履历表里没有破绽，一个人的精神是否正常就无人知晓。就拿我来说吧，也许过一会儿就去买枪，然后杀人，嘴里还念念有词：老子讨厌日本人，砰、砰、砰！（笑）"

马卡拉一边说着，一边把枪口对准了我们。人一旦有枪，精神就不正常了。看来，这种说法还是很有道理的。

"为什么有枪？"对于这个问题有不少人举出的理由是自卫。据民调机构皮尤数据显示，回答为自卫的人占67%（其次是打猎，占38%）。家住拉斯维加斯的退伍老兵蒂姆·兹里克手里有火枪、手枪等三种枪。火枪放在顺手的地方，手枪连同枪套总是随身携带，目的也是防身，保护家人的安全。

"我在几年前买了一支火枪。因为火枪属于霰弹枪，容易击中目标。只要听到装填弹药时发出的'咔嚓'一声，谁都知道接下来该发生什么事，对吧？"

听兹里克说，他居住的小区在拉斯维加斯一带属于治安状况较好的位置，在持枪犯罪的案件有增无减的情况下，他感觉到自己也有必要加强一下"火力"。

"我觉得这五年来，出门带枪的人好像多了起来。大家都不再互相信任了。我小的时候，可不是这个样子。"

　　也有人持枪是为了满足自己的兴趣。

　　"这支枪是我9岁或10岁的时候第一次得到的——用来打猎的单发来福式，父母送给我的圣诞礼物。我没少用它打野兔、打鸽子。这支枪太有纪念意义了！"

　　眼下在内华达州的亨德森市定居的多纳尔多·夏拉，用手抚摸着自己心爱的步枪，这么解释道。

　　夏拉是在美国南部的弗吉尼亚州出生的，从小就和父亲及兄弟姐妹一起摆弄各种各样的枪支，现在是拉斯维加斯狩猎会的成员，每个星期享受一次扛枪打猎的乐趣。在拉斯维加斯和她家别墅所在的俄克拉荷马州，离开城市不远便有狼、蛇和野猪出没。所以到乡下去，手里必须有枪。

　　夏拉说得没错，有不少上了年纪的人都有过父母送给自己枪支的经历。退伍老兵兹里克也珍藏着他父亲用过的手枪。他们的父亲就是用这支枪保护了全家的安全。现在，孩子又接过了父亲的手中枪……

　　有人指责这种做法已经过时，但是时至今日，在中西部和南部地区，持枪的传统依然是美国人自力更生的精神象征。

对联邦政府的不同态度

　　前面介绍过的马卡拉、兹里克、夏拉，他们三人无一例外，全都站在反对枪支管制的立场上。他们列举的根据是合众国宪法修正案第二条，承认个人拥有枪支。该条承认地方拥有对抗联邦政府的权利，并且规定"对以此为目的拥有和携带枪支的行为，联邦政府不得干涉"。

"开国之父出于对军队的不信任，曾经依靠市民力量阻挡了原住民和外国势力的进攻。当时也有人担心，联邦政府会不会剥夺市民持有武器的权利。"加利福尼亚大学洛杉矶分校法学教授阿达姆·温卡作了如上说明。

温卡继续说，也有人声称宪法修正案第二条指的是以地区防卫为目的组织义勇军的权利，并非承认个人武装。然而"多数美国人认为，宪法已经赋予市民旨在自我防卫的持枪权，而且最高法院也承认这是一种恰当的解释"。

在枪械商店可轻易买到的枪支

"为确保居民对联邦政府的抵抗权而承认州民武装"的设想在当今时代看来简直莫名其妙，不过，这就是美国的建国史。对于美国人来说也是没有办法的，因为保持警惕的对象不仅是境内外的潜在敌人，联邦政府也在其中。

对待联邦政府的不同态度往往公开表现为保守派与自由派的分歧点，社会保障便是其中的一例。

一向重视社会正义的自由派认为，医疗保险的低门槛对于安全保障体系而言不可缺少。为了实现这个目标，联邦政府必须出面建设覆盖全国的医保网络。或许身处中央集权国家的日本人也是这么认为的，有了庞大的中央政府介入，才有效率和效果可言。

与此相反，被称为保守派的人们不仅反对枪支管制，对于联邦政府干预州政府的权限，或者说成对州政府的管控，表现出十分强烈的厌恶情绪。他们对美国医疗保险制度改革厌如毒蝎，其根源也是出于他们对联邦政府决定自愿选择是否加入保险的愤慨。

当然，我采访的这三个人之所以反对枪支管制，在谈起宪法依据之前，主要还是出于心理上的恐惧。

"罪犯手里已经有枪，按照管制办法所能收缴的是我们手里的枪。那么，我今后该怎么保护自己？"马卡拉说。兹里克也冷冷地说道："对于枪支管制，我持反对意见。但是，如果那些头脑发昏的犯罪分子都放下武器，我也赞成。可是谁来区分好人坏人呢？如果能在这方面想出办法，我欢迎他们管制。"

在2012年的某个节点上，美国市面上流通的各种枪械超过了3亿件。现在，这个数字肯定又有增加。在这种情况下如果打算实现"无枪世界"，就得像日本历史上颁布的"刀狩令"那样，大家一起解除武装，否则就是一句空话。只是联邦政府如果坚持这么做，要吃的官司也许堆积如山。

那么，迫在眉睫的是如何应对持枪滥杀无辜的社会问题。

枪支管制的支持派要求从严进行身份验证。在师生17人死亡的玛乔丽·斯通曼·道格拉斯高中枪击案（2018年，佛罗里达州）中，一个19岁的学生购买AR-15半自动步枪行凶作案。平时连啤酒都买不到的青少年，居然能够轻松买到半自动步枪？这种现状不得不令人意识到，对购枪者的身份验证和年龄限制必须从严。率先垂范的无疑应该是那些能够轻易买到枪支的大型超市和体育用品商店。

"我认为持枪权利和枪支管制应当双管齐下。已经上市的枪支不会自动减少，更不可能根绝。但是，我们可以设法阻止这些枪支流入犯罪分子和精神病人的手里。"加州大学洛杉矶分校的温卡教授这么认为。

着眼于现实，还是追求理想

反对派主张的是另一种完全相反的解决思路。

"我认为应当承认公开持枪的合法性，目的是通过视觉效果将我方已经武装到位的信息传递出去，对犯罪分子起到震慑作用。"

在密歇根州底特律市经营射击培训学校的瑞克·埃库塔正在全美开展"承认公开持枪"的促进运动。所谓"公开持枪"指的是携枪形式，即让枪支处于大家看得见的状态。有的州将这种持枪形式列为枪支管制对象。"手里有枪，没人敢惹"的说法听起来近乎极端，但是，这也说明女性和老年人等弱势群体更应当持枪出行的观念在人们的头脑里早已根深蒂固。

那么，为了杜绝持枪滥杀无辜的悲剧发生，我们应该怎么办？枪支管制的反对派坚决主张，取消普通人持枪禁止入内的所谓"无枪区"

（Gun Free Zone）。

美国将学校等公共场所设为无枪区，如果持枪入内则以违反规定论处。人们已经普遍认为禁止持枪进入公共场所的规定没有毛病。可是，对于妄图持枪滥杀无辜的恶人来说，无枪区意味着没有武装人员在场，犯罪分子可以从容不迫地达到自己的目的。

枪支管制反对派的著名评论家约翰·罗特指出："1950年以后的滥杀无辜枪击事件有95%发生在无枪区。2012年发生在科罗拉多州奥罗拉一家电影院的滥杀无辜枪击事件，犯人当初设定的攻击目标是科罗拉多国际机场。但是，他在事先踩点时在楼梯上发现有全副武装的安全员，便把作案目标改成了电影院。狠心开枪滥杀无辜的人是疯子，但不是傻子。既然要杜绝胡乱开枪扫射所造成的灾难，就应当取消禁止普通人携枪入内的所谓无枪区。"

罗特是一位经济学家，在斯坦福大学、芝加哥大学和耶鲁大学等名牌大学执教。据说他在芝加哥大学时曾与奥巴马是同事。奥巴马在执政期间决心推行枪支管制。罗特本来也是枪支管制的支持派，可是，他在调查犯罪与枪支的关系时，渐渐发觉实行枪支管制的理论根据有误，于是反戈一击，成为枪支管制的反对派。此后，他便深陷于喋喋不休的枪支管制争论之中。

在这里捎带几句私话。当年我在美国工作时，孩子在当地一所公立小学上学。我个人的立场是支持枪支管制，可我发现，面对持枪滥杀无辜的罪犯，校方束手无策，毫无反抗能力的儿童只能逃跑。我对这种情况也深感不安和困惑。

罗特指出，如果对目前出现的这种情况放任不管，对购枪者的背景调查再怎么加强也没有意义。

"事实上，采用背景调查手段确实阻止了某些人购买枪支，但是，大部分情况是由失误造成的。美国国家即时犯罪调查系统（NICS）利用姓名的发音启动查询功能，如果某罪犯被禁止购枪，与其同姓同名者也被同时锁定。例如史密斯这个名字非常普遍，但有人拼写为 Smith，也有人拼写为 Smythe。对政府而言，不过是一种重名现象，类似情况可以简单修正，然而政府却毫不作为。"

特朗普政府在佛罗里达州的枪击案发生后，曾一度言及教师配枪的问题。虽然被自由派齐声怼了回去，然而，特朗普此番言论也有类似上述主张取消无枪区的背景。

一方是以大量枪支已经上市流通为前提而振振有词的枪支管制反对派，另一方是将"无枪世界"作为理想目标而志在必得的枪支管制支持派。由此可见，现实与理想相差甚远。

一脉相承的"枪文化基因"

在人们喋喋不休的争论中，美国流淌的"枪文化基因"正在有条不紊地传给下一代。

"得到这把枪的时候，我兴奋极了！电影《疾速特攻2》（John Wick: Chapter 2）里的主人公，用的就是这种38口径的手枪。在我眼里，这可是件特殊的宝贝啊！"

说这话的小家伙是家住南卡罗来纳州的夏安·罗伯茨。别看她只有13岁，可是本事不小，能够在射击大赛的成人女子组里名列前茅。

她开始接触手枪的起因是父亲的辅导。

父亲达恩曾经是专门培训儿童用枪的射击教练。当时他觉得枪支事故之所以一再发生，原因在于大人没有正确指导孩子用枪的方法。达恩家里有枪，他在夏安6岁的时候便开始教她怎么用枪。

"小孩子好奇心强，你越是不许她摸，她就越想摸。枪这玩意儿很危险，用的时候必须时刻小心。我想教孩子怎么用枪，主要目的就在这儿。"

不料，夏安这孩子有她天生的才能，学会怎么用枪后，当场"命中靶心"。开始是在父亲的帮助下命中的，后来她连续命中。达恩察觉到女儿的天赋，便在她9岁那年鼓励她上场比赛。兴致勃勃的夏安第一次上场就在成人女子组里获得了亚军。随后的四年里，夏安又两次夺得成年女子组的冠军。

人气爆棚的夏安甚至登上了枪支杂志的封面。两年前，她参加全美步枪协会举办的展览会时，请她签名的人排起了长蛇阵。父女俩曾经住过的新泽西州准备出台限制弹匣子弹使用量的法案，为了阻止这项法案通过，夏安前往州议会参加了请愿活动。

崭露头角的夏安让枪械界人士如获至宝。

她参赛时穿的运动服品牌成为枪支商店供不应求的热卖品，许多生产厂家都是她的赞助商。射击不仅需要购置枪支子弹，还有参赛费和交通费等大量的开销，这部分经费仅靠一个单身父亲难以筹措。对于枪支商店来说，为了展示自己完美无辜的形象，也把成功希望寄托在这位天才少女的身上。

像达恩这样主动教孩子用枪的父母不在少数，各地为孩子们开办的枪支培训学校门庭若市。"既然有枪，不教用枪，反而危险"的主张再也不是强词夺理的谬论。再者，最近将射击作为体育活动而乐此不疲的孩子也在增多。有一种文化叫作"枪文化"，它的传承已经成功跨越了"代沟"。

每当滥杀无辜枪击事件发生的时候，枪支管制的言论便喧闹一时。管制措施之所以迟迟没有进展，主要是因为全美步枪协会的抗议活动。

然而，为全美步枪协会提供资金和政治支持的是无数的个人会员。既然有这么多的人认为有必要持枪，那么，当今的美国就休想禁枪。

假如还有希望，那就是由"千禧一代"（1980年以后出生，在21世纪初叶陆续长大成人的一代）牵头的年轻力量。

在相继发生的滥杀无辜枪击事件面前，这些年轻人动员网络媒体的力量，不断掀起枪支管制运动的高潮。尽管"枪文化"的社会基础坚如磐石，但是随着人口构成的动态变化，"千禧一代"及其他后代对"Y世代①"的影响与日俱增，其影响之大或许超过全美步枪协会。与此同时，与所谓的"枪文化"无缘的外国移民有增无减，相对壮大了枪支管制支持派的队伍。

然而，无论我们从哪个方面分析，枪支管制都要付出时间的代价。看来，要想改变这个用200余年的历史培育起来的社会机制和文化，没那么简单。

---

① 译者注：指20世纪末期出生、成长，2000年后进入青年期。

第五章

枪支管制VS神枪女

我教6岁女儿打枪的理由

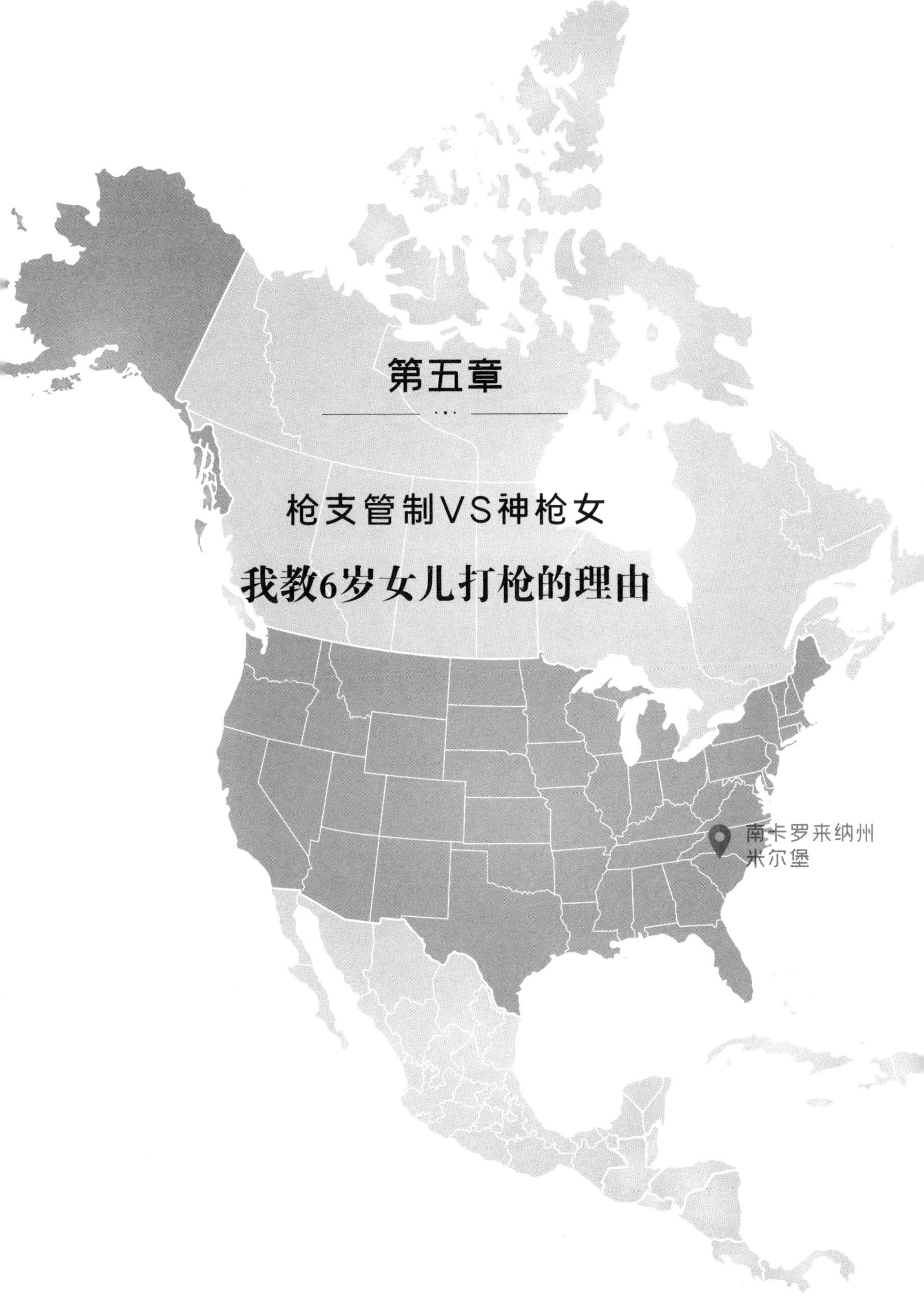

上一章里出现的夏安·罗伯茨是一个还在上小学的13岁女孩，她以骄人的本领在射击比赛成年女子组中勇夺冠军。

　　在枪支厂商和全美步枪协会看来，她是光彩照人的广告明星。

　　父亲教会女儿打枪，女儿在射击比赛中夺冠……

　　一个普通女孩是如何与枪交上朋友的？走进这个神奇的故事里，人们可以窥见一斑。

谈"枪"色变的时代

——您是怎么想起教女儿用枪呢?

达恩·罗伯茨(以下简称"达恩"):我以前当过射击教练,感觉孩子们在枪上出事儿的最大原因是不懂怎么用枪,而我们又不教他们。

这在以前是小事一桩。我当年上高中的时候,朋友们为了打猎方便,几乎都把猎枪、步枪装在车里,而且谁也没有对这种做法产生过疑问。如今这个习惯丢掉了。大人开始在孩子们面前谈"枪"色变了,警告他们不许碰枪。可是,孩子的好奇心特别强,你越是说碰不得,他反而越想碰。

因为我知道枪是怎么回事,所以希望孩子们明白为什么枪容易发生危险的道理,教育他们慎重对待枪支,使用枪支必须怀有一颗敬畏的心。我相信这样做才是避免事故发生的上策。

——正是因为危险，所以才尽早把用法教给孩子。您说的是这个意思吧？

达恩：是的！与其叮嘱孩子"我不在的时候，千万不要靠近游泳池"，不如教会他们游泳。因为他们总有靠近游泳池的那天。当他们身边没人的时候，万一掉到水里，也不至于因为不会游泳而淹死。

在我看来枪支也是这个道理，即便把它禁止了，打消了孩子的兴趣，一旦有机会把父母的手枪或者步枪拿出来摆弄，"什么玩意？怎么玩呢……"说着说着枪一走火，要么伤了自己，要么伤到别人，难免会闹出事故来。

而我呢，现在就敢把子弹上膛的机关枪随便放在这儿，没关系！夏安和科纳（8岁的弟弟）虽然喜欢枪，可是从来没有动过这挺机关枪。让我说，这是因为他们心里明白，这挺机枪只有在我的监督下才能动。这才是我的最大收获。

——夏安有这方面的才能，您是不是早就知道了？

达恩：我当时也没有想到她会有这么大的本事。我只是强调安全第一。教来教去，我发觉这孩子有这方面的天性。

6岁的时候我对她说："好啦，你现在可以打靶了。"我让夏安自己扣动扳机，结果她一枪命中。我问她"还能再打一枪吗？"结果又让她打中了。我心里说，哦？这孩子还真有两下子！

——（问夏安）开始练射击的时候，是你主动想练的呢，还是爸爸逼着你练的？

夏安·罗伯茨（以下简称"夏安"）：我觉得这两个方面都有。我特别喜欢托丽·诺娜卡（职业射击选手），爸爸就让我看她射击的录像，还问我："怎么样？你要不要试试？"我回答："试试就试试。"
爸爸总是教育我，枪不是玩具，是真家伙。从这个时候起，我就开始学
枪了。

——当时你试了试，感觉怎么样？

夏安：开心极了！瞄准靶子的时候我稳住呼吸，集中精力，而且做
到了身体放松。还有，射击运动竞争激烈，但我有决心打败那些男人，
我可不愿意在射击比赛里输给别人。

——（问达恩）您是什么时候开始教科纳的？

达恩：去年。科纳7岁的时候。最初教夏安的时候她才6岁，因为女
孩子通常比男孩子心理成熟得早。常有人问我学射击的最合适的年龄是
几岁。这个问题大家都想问。而我认为在年龄上没有什么合适不合适，
孩子跟孩子的情况也不一样。

我当教练的时候教会了许多人用枪。其中也有一些大人，我劝他们
最好不要接近猎枪。在年龄上不宜搞一刀切，要看每个孩子成熟得早
晚，在具体操作上能够掌握到什么程度。

——您目前还教夏安吗？

达恩：我们现在住的这个地方，有几个职业射击选手想给夏安当教
练，所以我当初才把家从得克萨斯州搬到了南卡罗来纳州。现在由他们
负责指导夏安。我已尽我所能教会了她，但我不想妨碍她继续进步。夏
安的梦想是获得全美锦标赛的冠军。

枪械商的广告明星

——在美国父母教孩子使用枪支的情况普遍吗？

达恩：我认为这种情况在一部分地区普遍存在。从1776年到20世纪60年代，所有的孩子都要掌握用枪知识，他们被教育动枪时必须有责任感。即便是孩子把步枪带到了学校，也从来没有出现过胡乱开枪的事件。这个国家似乎变了，竟然发生那种事，不清楚是哪儿出了问题。可是，建国快200年了，而且哪儿都有枪，那时候怎么就没发生过一起开枪滥射无辜的事件呢？

射击本领让大人汗颜的夏安·罗伯茨

——夏安，能不能给我们说说你第一次参加比赛的情况？

夏安：我记得大概是在我9岁的时候。在新泽西州的比赛中我赢了……

达恩：那次比赛你不是冠军，是亚军哟！

夏安：嗯嗯，是亚军。新泽西州的比赛得了亚军。那是我头一次参加正式比赛。

达恩：是成人女子组。得了成人女子组的亚军！

夏安：别说亚军了，之前我连第三名都没敢想。比赛完了，我和爸爸互相看了两眼，我的意思是"刚才是在叫我吗？"因为我根本没有想到能有这么好的成绩。

达恩：接下来是2016年3月的全国比赛，她在不满13周岁的步枪组里获得了第五名。

夏安：……再后来就是2017年10月，在南卡罗来纳州的女子锦标赛上拿了冠军。

达恩：四年了，有两届锦标赛夺得了冠军。

——你有赞助商吗？

夏安：得了冠军后有了第一个赞助商，是新泽西州的一家枪械商店。在全美步枪协会每年的招商会上都有赞助商参加，我当场物色有意赞助自己的企业，然后向人家讲明自己在干什么，能为这个企业做什么贡献。

结果有时候是"Yes"，也有时候是"No"。也有的公司答应我会展结束后再联系。

达恩：第一个赞助最难找。这孩子第一次参赛当了亚军，然后我去附近一家枪械商店打听："这孩子取得了这么好的成绩。看看您这儿有没有支援本地孩子的意思？"结果，这家商店还真的赞助了她。有了一家赞助单位，以后再找就容易了。

——为什么非找赞助不可呢？

达恩：我这儿的枪，价钱全都不低于1万美元。我又是个单身父亲，如果没有赞助单位，根本就买不起这么多。赞助商们有的每年给女儿送来支票贴补经费，有的直接提供比赛专用的枪支，也有的提供防护镜、杂志和子弹什么的。

子弹是很大的一笔支出，仅次于买枪。我估计每月光买子弹的钱就超过1000美元。还有参赛时的住店、报名、汽油和伙食费什么的，总之，射击本身就是一项烧钱的体育运动，离了赞助商，靠我一人不可能给女儿提供这么多的比赛机会。

——赞助商本身能得到什么好处呢？

达恩：最大的好处也许是出头露面的机会多了吧。和全美运动汽车竞赛（NASCAR）一样，赞助商的签约费越高，射击服上的商标就越大。除了南极，我女儿的"粉丝"遍布全球，如果电视转播里有她的镜头，照片上了杂志的封面，赞助商捞到的好处就更大了。

——搞过签名之类的活动吗？

达恩：两年前在步枪协会的招商会上，一家名叫 Blade Tech Holsters 的赞助商专门为我们包了一个展位。等我发觉时，已经排起了三四十人的队伍。

夏安：长长的队伍都排到展场外面了。我在T恤衫上签名，签着签着，马克笔没油了。

——听说达恩先生还成立了"美国青少年射击运动联络会"？

达恩：夏安出名以后，全国各地的父母们纷纷给我打电话或者写信，问我怎样才能参加射击比赛。于是，我和朋友一起成立了一个组织，负责回答他们提出的各种问题。

活跃在全美射击比赛中的夏安·罗伯兹（左）和科纳·罗伯兹姐弟

如果有的孩子或父母对射击感兴趣，我就帮助他们搜集一些信息，告诉他们应该买什么枪，去哪儿买、如何参赛等，目的是鼓励这些孩子们挑战射击项目。

——夏安，当初你打第一枪的时候害怕吗？

夏安：有点儿，心里怦怦直跳。当时让我端的是AR-15，有点犯晕，这个大家伙比我还大。那天我回家后大哭一场。现在回想起来，问题就是出在枪的大小和分量上，应该是那个大家伙在瞬间带给我的恐怖。

虚伪的枪支管制支持派

——夏安，你将来的理想是……

夏安：我想18岁之前在射击比赛中拿到全国第一。将来要么参军，要么当警察。军队对我们家来说太有意义了。在我家亲戚里，包括从来没有见过面的，有好多人都是当兵的，我也应该为国家出力。

——在战场上也许要对人开枪……

夏安：到了军队里，也许必须和人打仗，必须杀掉对方。不过，我还没有认真考虑过这些事，还不能完全确定。我还有几年的考虑时间。

达恩：你如果这么想，这件事是不是就容易理解了呢？当你从学校回到家里发现有坏人闯进门来，你是不是该上前把他拦住？

夏安：肯定要拦的啊！因为弟弟、狗狗、爸爸，大家都遇到危险了，我也有可能受伤。我绝对不想让这种事情发生，我肯定要出面阻止。

——（问达恩）问您一个根本性的问题，你们为什么非要有枪呢？为什么认定枪是必要的呢？

达恩：我没有使用"必要"这种说法，我们没有"必要性"的法律，我们有的只是"权利"的法律。我们没有必要向你们这些外国人证明有枪是否合法，从来都没有，因为我们有权利这么做。

"为什么要有合众国宪法修正案第一条（※1）"，"为什么要有修正案第三条（※2）"，"为什么要有修正案第四条（※3）"，没有人对这类条款产生过疑问。有疑问的只是修正案第二条（规定了国民拥有持有武器的权利）。

（※1）不得制定禁止自由宗教活动的法律、限制言论及出版自由的法律等相关条款。

（※2）在战时或平时，禁止士兵接收或住宿民宅的相关条款。

（※3）保证国民在没有明令记载的充分合理的理由时，有权拒绝非法搜查、逮捕和扣押财物的相关条款。

达恩：还有大家都忘记了的另一个侧面，枪只不过是一种工具，然而把本来是人的行为责任全部推给了枪，这岂不是怪事？比如醉酒驾车出了事故，车里的家人死了，没有人会责怪福特、本田公司吧？有人用刀扎人，也没有人责备刀具公司，应该让持刀行凶的人负责，是不是？

夏安：因为枪本身什么都不懂，干坏事的是人。

达恩："嫁祸于"物"的做法纯粹是在自欺欺人，因为枪支本身是不可能自己随便行动的嘛！

我认为最后的结果是美国堕落成一个谁都不想负责任的社会，谁都不想对自己的行为负责。我希望有人能站出来承担责任。不能说是所有人，但许多人都不想自立，他们总想让政府照顾自己，希望政府满足自己的需要。

另一方面也有许许多多的人和我们一样，对政府没有索求。我们不想让政府插手我们的事。需要帮助的话，我们会就告知他们，否则，不希望他们多嘴。

——自由派和保守派之间的鸿沟太深。

达恩：枪支管制支持派的人认为，一旦有事，警察就像变魔术似的立刻赶来帮忙。

我19岁的时候遇到了强盗，用枪顶住了我，警察怎么不来管我？两个强盗用枪在我脸上乱戳，我一个劲儿央求他们发发善心，只想让他们放我一条生路。

我不想让那种场面再次出现，绝对不让，也不想让夏安在遭遇强盗时苟且偷生。我想让夏安把那帮坏家伙统统枪毙。一个正直的警官是不会吹嘘自己能如何立刻赶到现场，对吧？我还是想靠自己的力量保护好自己。

我想批评的内容都明摆在这儿了。枪支管制的支持派和我们不在一个世界里。他们胆小如鼠，不愿意接受现实，总指望别人来救助自己、照顾自己。这么想问题的人活得也太省心了吧！

——还有一种声音：枪是美国历史和文化的象征。

达恩：没错，就是这种象征啊。我认为枪是自信、自立、自主、抵抗的象征。比如说，我有了武装，你们就不能命令我去做什么了，必须坐下来和我谈判，跟我解释清楚，为什么要求我这么做。必须把我说服了。相反，假如我主动解除了武装，而你们是政府派来的人，全副武装，你们就可以对我发号施令了，对吧？你们连说话的口气也变了："你必须这么干！否则的话……"

枪在美国历史上有其特殊的作用。一个以势压人的政府硬要把枪从百姓手里收缴上来，那么，人们就会借机把这个政府打倒。这个传统已经在我们的历史和文化中深深扎下了根，大概是不会改变的。

——如果实行枪支管制，您认为用枪滥杀无辜的案件会减少吗？

达恩：绝对不会减少。澳大利亚制定了严格的枪支管制法，实施以后也发生过乱开枪的事件。挪威也有严厉的管制措施，结果发生了欧盟史上最恶劣的枪击事件（2011年挪威于特岛发生的滥杀无辜枪击案）。犯罪分子肯定能够搞到枪。美国有4亿支枪，每天还在生产1.7万支。1500多万支的AR-15，都攥在个人手里。这些枪不可能说没就没了。

还有，据说在美国南部与墨西哥接壤的边境，贩毒集团走私的大麻多达几万吨，而一杆枪只有8磅重（约3.6千克），如果说没有人走私，你信吗？有人说，如果全国禁枪，罪犯就无法弄到枪了，这是骗人的鬼话！

——那么，您觉得应该怎么做，才能防止滥杀无辜的枪击事件发生呢？

达恩：我觉得应该把退伍的警察、军人，还有像我这样的射击教练和运动员请出来，作为志愿者保卫学校。不是让所有的教师，而是挑选一部分教师加以培训，把他们武装起来。我并不是说让老师腰里别着手枪给学生上课，枪要妥善保管，至少应该由校方负责保管。

我主张取消"无枪区（禁止携枪入内的场所）"。这种措施等于公开通知犯罪分子"此地是无法自卫的场所"，这种思维逻辑，简直令人不可思议。

我刚才也说过了，警察来不及管。我有一个朋友参加过一场关于枪击事件发生时该如何应对的讨论会，据说印第安纳州某个县负责治安的官员直言不讳："如果等我们到场，需要相当长的时间。"持枪扫射的罪犯要么自杀，要么被击毙。至于击毙罪犯的人是警察还是市民，结果没什么两样。现场只要有人持枪挺身而出，开枪扫射的行为就能制止。

您还记得吗？得克萨斯州教堂发生的那起滥杀无辜的枪击案（2017年11月），案发现场离我家有20分钟的路。当时我还担心自己的朋友是不是也卷进去了。听说在那次枪击案中，附近有个男人持枪追了上去，有效制止了罪犯继续袭击其他场所的企图。我觉得这个人太棒了。

——您怎么看待媒体对枪支管制的态度？

达恩：噢，他们是一边倒啊！别有用心。几乎所有的主要媒体都是左派。我觉得他们出于意识形态的需要不愿意让大家有枪，故意为枪支管制造势。

强硬反对枪支管制的达恩·罗伯茨

　　还有一些人，他们对自己以外的持枪者一概排斥。有一位媒体大亨名叫迈克尔·布隆伯格，还当过纽约市市长呢。这个人热衷于枪支管制，而且还雇用了前纽约市警察局的警官给自己当24小时的保镖。他是亿万富翁，有这份闲钱。

　　难道他的命就比我的命值钱？

　　没有那么回事！他可以配备全副武装的贴身警卫，而我为什么不能武装起来保护自己和孩子呢？枪支管制支持派的内心是多么虚伪！

第六章

毒品VS穷苦白人
在"毒品泛滥"中沦陷的城镇

西弗吉尼亚州

从南到北纵贯美国东部的阿巴拉契亚山脉西麓，坐落着辽阔的西弗吉尼亚州。

这是一个山峦起伏森林茂密的美丽地方，然而，最近引起全美国关注的一组数字，让这里名誉扫地。

鸦片等镇痛剂泛滥成灾，过度服用造成的死亡人数激增。尽管其中的大部分源自医生开出的处方，但是长期服用容易成瘾，直接染上所谓"药物依赖症"的情况频频发生。

采访组已经飞抵毒品泛滥的西弗吉尼亚州……

从西弗吉尼亚州的州府查尔斯顿一路向北，穿过乡镇周围的农田和草场，驱车50分钟便到了我要采访的学校——科蒂奇维尔小学。顾名思义，这所公立小学位于只有1800人的科蒂奇维尔市，全校135名学生，约有1/3由祖父母照顾或者被"爱心家庭"领养，这部分孩子的实际监护人并不是他们的亲生父母。"学习跟不上，不能按时毕业的孩子越来越多。看看他们的家庭环境，抚养这些孩子的并不是他们的亲生父母。"究其原因，十有八九与吸毒有关，这显然是一种极不正常的状态。

2012年开始担任校长的特雷希·鲁玛斯特一语道出了其中的原委。

在现代社会生活中，孩子无法与亲生父母一起生活的现象并不稀奇。尽管如此，"1/3"这个数字也应当算是异常值了。如果说吸毒是元凶的话，那么，这种异常现象就更加令人触目惊心了。

分崩离析的家庭与教育

在这所小学上学的普利阿娜和莱莉是姐妹俩，都还不满10岁，却过早地踏上了一条艰难的人生道路。

亲生父母沉溺于毒品无法抚养孩子。孩子出生后不久便由祖父养育，祖父去世后，姐妹俩又被吸毒成瘾的生母领回家。与吸毒的母亲一起生活的孩子非常可怜，在屋顶几乎要塌落的家里穿着半袖衣衫过冬。当地社区的工作人员看不下去便通知了警察，结果这两个孩子离开了生母，被"爱心家庭"领养。

"听别人说，抚养这些儿童的难点在于修补他们心灵深处留下的难以愈合的创伤。姐妹俩来到这个新家时手里提着大包小包，里面也许装满了心酸的回忆。你不知道触动哪根神经，才会让她们姐妹俩从那些可怕的记忆和噩梦中醒过来。我似乎正在绞尽脑汁完成一幅巨大而复杂的拼图。"2014年领养了这对姐妹的"爱心妈妈"凯勒·索托梅亚说。

刚到索托梅亚家的时候，怯生生的姐妹俩对大人们的举动总是疑心重重。

被亲戚或者"爱心家庭"领走的孩子或许是幸运的。

父母一旦患上了"药物依赖症"，根本顾不上孩子的吃饭穿衣，生活上全靠孩子自理。用鲁玛斯特校长的话说就是"自己养活自己"。

对于这些处境艰难的孩子来说，生命攸关的是如何保证他们每天吃饱肚子。他们在学校里可以吃到免费的早餐和午餐，但是到了周末或者暑假期间，保证这些孩子每天都有吃有喝便成了棘手的问题。为此，科蒂奇维尔小学发起了"快餐包行动"，把社会捐赠的食品打包，让周末吃不上饭的孩子们带回家去。

遇有疑似被家庭弃养的情况，学校负责人有义务通报当局。虽然"快餐包行动"没有把被弃养的儿童包括进来，但学校也在尽力照顾有这种可能的家庭，每到周五为15名学生发放应急食品。

西弗吉尼亚州的科蒂奇维尔小学

科蒂奇维尔小学还开展了"辅导员活动"，邀请在附近上班的大人们与有问题的学生共度午休时间。父母坐牢或者父母吸毒成瘾的孩子很难与大人之间正常沟通。在开展这项活动的两年里，校外辅导员代替父母与孩子们在校园里玩耍吃饭，培养感情。

采访当天，附近塑料厂的底彼特·威廉斯来到一个由祖父抚养的男生身边。他们满头大汗地玩过篮球后，又来到电脑教室一起玩游戏。

"我小时候周围有许多善良的大人和老师，他们为培养孩子们健全的人格提供了许多机会。社区里的人都鼓励孩子们争取进步。我也想在培养孩子的人格方面助一臂之力，所以就报名参加了这项活动。你问我遇到过什么麻烦，没什么可麻烦的。"说完，这位辅导员又赶忙去了餐厅，那个男孩正在餐厅里等他。

据引进"辅导员活动"的学校顾问罗宾·科宾介绍说，参与这项活动的成年人一共有13位，全都是志愿者。

"科蒂奇维尔的孩子们也知道自己身边有人吸毒。有的孩子亲眼看见过父母'打针'。为了调整这些孩子的心态，辅导员们发挥了重要作用。孩子们每天都盼望辅导员的到来。"

毒品在西弗吉尼亚州肆意蔓延，煤矿工人居多的南部和西部更是惨不忍睹。2017年，西弗州因过度服用鸦片镇痛剂而死亡者，每10万人中有50人，与肯塔基州交界的州南部各县的死亡人数甚至翻倍。

煤矿与吸毒

一般认为，过度服用鸦片等镇痛剂的现象在西弗吉尼亚州扩散的根本原因，在于地下采煤的重体力劳动。

大规模开采的露天煤矿集中在怀俄明州，与之不同的西弗吉尼亚州则以地下采煤为主。在狭窄的坑道里连续作业，致使许多工人的脊背、颈部和膝盖损伤严重，疼痛难忍。这些工人往往在受伤后打一针镇痛剂，必须立刻返回作业现场继续干活。一来二去，陷入了"药物依赖症"的深渊。

"几乎所有的煤炭工人都是受伤痛影响而下岗的。我也在几年前做过膝盖手术。"

说这话的托尼·贝斯克尼在煤矿整整工作了40年，2016年退休，如今在南部地区的贝克里煤矿博物馆当疏导员。在已经封闭的坑道里，我请他再现了长年累月在井下采煤的情景。在直不起腰来的坑道里挖煤，其残酷程度超乎人们的想象。

其实在21世纪初，全美各地的死亡人数平均值未见异常。如此看来，在以体力劳动者为主的这个地区，滥用镇痛剂的主要原因在于医生在给患者开处方的时候过于草率。

西弗吉尼亚州西南部的克米特，是一个只有400人的小镇，药店年销售额一度高达600多万美元。其中大部分源自镇痛剂。据州府查尔斯顿市的当地报纸披露，在同为鸦片系列的镇痛剂中，毒性极高的氢可酮片批发量多达900万片。

"美国毒品泛滥有四大因素：服用镇痛剂的人、乱开处方的医生、与医生勾结的药剂师以及明知'药物依赖症'泛滥却仍然兜售镇痛剂的药品批发商。坦率地说，有的医生为了谋取私利，甚至给不需要服用镇痛剂的人提供处方。"

家住查尔斯顿的律师吉姆·卡古尔告诉我，2012年，他曾经作为州政府的代理人起诉过13家药品批发商，最后以药品批发商赔付4700万美元为条件，与州政府达成和解。

"有一次，我受当事者的委托当辩护人，他的儿子因过度服用奥施康定而死亡。在本案审理过程中，药品批发商扮演的角色引起了我的注意，于是，我把诉讼的焦点集中在药品批发商上。滥用鸦片系列镇痛剂的社会风气让州政府深受其害，政府每年不得不支付数亿美元的治理成本。"

从克米特驱车半小时便是州西南的威廉阿姆森市，那里的状况也基本相同。城里的药店因为过度销售鸦片系列镇痛剂而被起诉。别看这家药店的门脸不大，每天开出的镇痛剂处方多达150片。

"到20世纪90年代后半期为止，我从来没听说过有关鸦片系列镇痛剂的事情。记得2004年或2005年州政府开始调查滥用鸦片系列镇痛剂的情况时，这里的问题开始显现了。"在2005年到2014年期间担任市长的达廉·马科米克这么回忆道。

当年威廉阿姆森一带遭遇了一场罕见的暴风雪，紧急招募安全员，前来应聘的18人里有14人被查出了药物反应呈阳性。

市长马科米克指出："在药店方看来，他们只是按照医生的处方售药。我也认为是草率开出处方的医生有问题。"

采煤属于危险系数高的行业，事故发生后采取的紧急措施之一是由医生开出镇痛剂药方。正是因为这种药的疗效强，渐渐地，连症状轻微的感冒患者也让医生开镇痛剂，医生则有求必应。于是"药物依赖症"逐渐在当地煤炭产业的社区蔓延，导致镇痛药的需求不断攀升，医生、药剂师和药品批发商共同撑起了一张利益网。需求与供应的恶性循环，让局势恶化到不可收拾的地步。

"显然，医生和药剂师对鸦片镇痛剂的风险了如指掌。所以，导致镇痛剂迅速泛滥的原因无非是贪婪和金钱的驱使。"律师卡古尔指出。

继续扩展的"毒品经济圈"

始自南部煤炭矿区的毒品泛滥成灾令人无语，制造业和煤炭业的萧条让地方经济雪上加霜。

具体到科蒂奇维尔市，当地用工大户之一的铝厂关闭了。这家工厂的从业人员最多时达到了4000人。20世纪80年代以后的国际竞争和行业重组，导致工厂的规模逐渐缩小，到了2009年以后基本处于倒闭状态。

"工厂关门给当地生活带来了严重影响。许多人为了得到毒品铤而走险。"附近的塑料制品公司事业开发经理卢克·辛德勒这样说。

本章开头领养那对小姐妹的凯勒·索托梅亚也谈到了铝厂关闭的原因。

"我认为滥用镇痛剂的原因之一是失业。多少年了，本地人一直依靠铝厂生存。我爷爷在这儿干了三四十年。读高中的时候有朋友对我说：'你还上什么学啊，到头来还不是在那儿（指铝厂）干活。'这么说您就知道这家工厂有多重要了吧。"

索托梅亚还说，铝厂关门时发过临时救济金，可她从来没听说过有谁拿到这笔钱后去接受新技术培训。

"就这么混日子呗。也许是自己觉得上了年纪，家里还有老人需要照顾。我也不知道应该干点什么。想上技校吧，可又不现实。"

有专家指出，必须将劳动力从无效益的产业转移到新兴产业上。可是，年龄越大，改行的难度也越大。

我走访了主管这家铝厂的世纪铝业公司，询问工厂关闭的原因，一位负责人答复说："关闭这个工厂是因为电费太高。这个问题如果解决了，我想工厂会恢复生产的。"

说到煤炭业的萧条，资源比较集中的南部和西南部地区也不例外，产业衰落致使当地人的就业蒙受了毁灭性的打击。与制造工程的自动化和惨烈的国际竞争造成用工量减少的制造业不同，让煤炭行业遭受冲击的是美国生产的物美价廉的天然气。

美国东北部和得克萨斯州等地分布有大面积的页岩层。21世纪初，从页岩层里开采天然气和石油的水力压裂技术实现了跨越式进步，美国天然气的价格开始大幅度下降，这便是所谓的"页岩革命"。

西弗吉尼亚州产的煤炭一直是国内火力发电所需燃料的重中之重。然而，环保压力更小的天然气价格一旦下跌，煤炭的优势便荡然无存。于是，加快了天然气替代煤炭火力发电的步伐。

奥巴马政府领导下的环境治理让危在旦夕的煤炭产业雪上加霜。2012年出台的《汞和有毒空气污染物排放标准》进一步限制了火力发电站对汞和二氧化硫等有毒空气污染物的排放。结果，不愿意为净化装置追加投资的电力公司陆续关闭了一批煤炭火力发电站。

其实，美国在2012年以前也曾出现过因原料价格暴涨导致煤炭价格上升的局面，当时成功掩饰了因煤炭产量减少而出现的矛盾。但是，这种局面终因中国经济减速和原料价格暴跌而结束。曾经依靠国产煤炭的火力发电，只得屈从于联邦政府环保从严的压力而转向天然气，对煤炭的需求明显减少。西弗吉尼亚州的煤炭产业一路滑坡，日趋凋敝。

如今具有讽刺意义的是，滥用毒品在当地俨然成为"经济活动"的组成部分。

在失业率超过10%的南部和西南部地区，一些人为了购买食品和汽油只能靠倒卖毒品从中赚取差价。州政府对药品批发商和医生的管束越来越严，草率开出的处方正在减少。但是，摆在面前的现实情况是，吸毒严重者难以摆脱对毒品的依赖，海洛因和兴奋剂等违法药物的用量也在迅速增加。

从全州的经济形势来看，土木工程方面的用工需求加大，失业率有所下降。另外在煤炭方面，由于炼铁所需的煤炭价格持续上升，煤炭产业从过去的最坏状态中逐步摆脱出来。然而，仍在蚕食这个地区的"毒品泛滥"却不会轻易得到解决。

西弗吉尼亚州的居民有90%是白人，源于"药物依赖症"和失业的贫困，让这些支持特朗普的低收入白人在美国抬不起头来。

"瘾君子"的苦闷

在西弗吉尼亚州，面向"药物依赖症"患者的戒毒场所已经达到了两位数。州府查尔斯顿市的女性专用戒毒所就是这类戒毒设施之一。这里住有61人，每天还有依赖鸦片镇痛剂、海洛因和兴奋剂的女性"患者"陆续来到这里。

20多岁的伦基·史密斯是2016年11月住进来的。她从15岁开始服用鸦片镇痛剂，后来逐步升级到吸食海洛因、兴奋剂，2014年因持有和贩卖非法药物被捕。在她周围，有20多个朋友因过度吸毒而丧命。

"从这里开车一刻钟，就是我土生土长的小镇。酗酒的、'卖药的'都集中在那一带……"

她的家庭情况比较复杂，有三个哥哥和两个妹妹。最上面的两个哥哥是母亲再婚时男方带来的，已经吸毒成瘾。她从小就和兄妹们住在一起，后来和两个亲妹妹一起生活，高中毕业后她便离开了这个家。

伦基的成长环境固然糟糕。然而，问题的关键是美国贫困阶层的所有人都生活在同一个故事里。

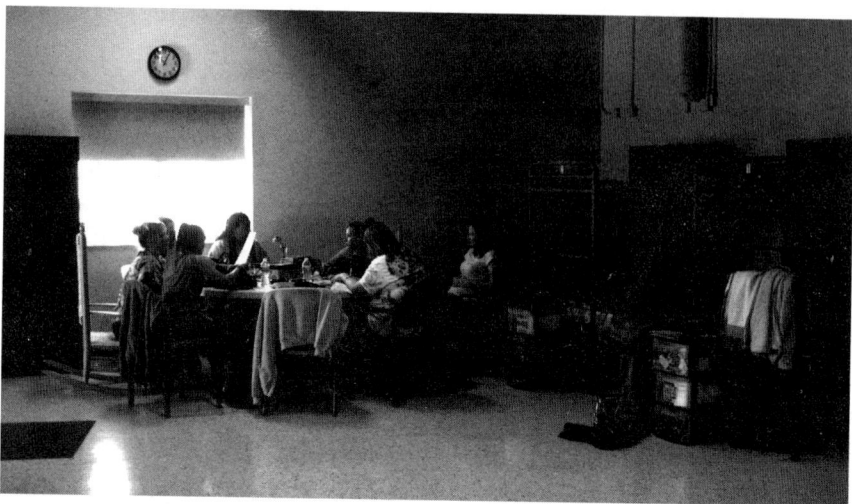

帮助患者摆脱"药物依赖症"的戒毒场所

在戒毒所里工作的安娜·哈托曼曾经也是毒品受害者。上高中时，她参加过美日两国留学生交换活动，在日本的一所高中留学。在职业学校上学时，18岁的她已经离不开毒品，而且还经常酗酒。她让医生给自己开鸦片镇痛剂，一年后，又开始吸食海洛因和可卡因，最后无家可归，流落街头，一直到被逮捕收容到这家戒毒所里。

"为了把'药'弄到手，我什么事都干过。我当时特别想摆脱那种可悲的生活，可我不知道该怎么做，刚戒了几天，又回到老样子。说实在的，被抓以后，我有了那种终于获得解放的感觉。"安娜说。

据她介绍，这里的康复治疗共有12个疗程。在病友的帮助下，她逐步学会洗衣做饭等生活本领，过去自己独立生活做不到的事情渐渐做到了，然后慢慢掌握了一些适合自己性格的技术。与同病相怜的病友一起生活，互相帮助，戒毒效果比较明显。

注射海洛因后，人就麻木了。什么愤怒、悲痛，所有的情绪都烟消云散。所以大家都用海洛因，为的是从烦恼和悲痛中逃离出来。戒毒所里的妇女们都尝到过吸毒成瘾不能自拔的可怕滋味。

"戒毒真的太难了。按规定，在保护观察阶段吸毒是要坐牢的，那我也忍不住。哪怕失去家人，哪怕自己卖的'药'害了别人的命也无所谓，就是屡教不改！"伦基说。

"'药'用光了，没法打针，难受死了。毒瘾发作的周期也越来越短。实在坚持不住了就央告自己，饶了自己这一回吧！结果又打了一针。"安娜说。

伦基正在一点一点地学着克制自己的情绪："一般人5到7天可以摆脱对'药'的依赖，可我花费了两个星期。在此期间我简直不想活了。最初的13天我睡不着觉，可还是把'药'戒了。现在，我已经学会了克制情绪。"

戒毒所的康复计划持续时间长，从9个月到12个月不等。伦基已经在这里住了5个月，再过半年她就可以出去了。我问她出去以后打算做什么，她果断回答道："当妈妈！"——听说她现在已经怀上了。

"以后再也不碰那些'药'了吧？"

"这种事谁都不敢保证，我也不敢把话说绝。谁心里都有数。感觉比以前强多了，也知道自己应该怎么做了。可是，不能保证绝对不碰，只是希望自己不再成为过去的自己。"

名叫特朗普的"救世主"

在2016年的总统大选中，特朗普在西弗吉尼亚州获得了压倒多数的选票，尤其在煤炭产业为主要产业的南部地区获得的支持率更高，得票率超过80%。

"Make America Great Again"（让美国再次伟大）。其政策之一是特朗普总统在竞选时承诺的复苏煤炭业和解散环保局，他认为奥巴马政府推行的过度的环境整治是对煤炭产业的冲击。

"一方的候选人扬言捣毁煤矿，另一方的候选人主张增加煤矿，我们都支持那个主张增加煤矿的。可不嘛，好不容易才有了这么一个替我们说话的候选人。"贝克利的老煤矿工人贝斯克尼这么说道。他的话似乎代表了全体煤炭工人的意愿。

其实，即使环境治理政策趋于缓和，煤炭产业也未必能够复苏。

西弗吉尼亚州大学法学系教授詹姆斯·诺斯托朗多的看法近乎悲观："阻碍煤炭产业复苏的原因不是环境治理，而是物美价廉的天然气，是廉价的可再生能源，也就是市场的无形之手。总统同时还主张放缓对石油和天然气产业的管控，或许总统的这个表态，让天然气占有了比煤炭更大的优势。在环境治理回潮的地方，想要恢复煤炭产业的用工需求，谈何容易。"

中国成功地抑制了产能过剩，煤炭价格正在回升，尤其是用于炼铁的煤炭价格明显上涨。相比之下，美国国内却迟迟没有出现煤炭火力发电重启的迹象，更没有让西弗吉尼亚州的煤炭生产峰回路转。煤炭在与天然气的竞争中一败涂地，特朗普政府振兴"化石燃料产业"的政策也不会让煤炭业的复苏一帆风顺。

詹姆斯教授继续说："州长以前也是'煤老板'，讲话的调子与总统一样：'恢复煤炭行业的用工规模，进一步增加煤炭产量。'殊不知，西弗吉尼亚州还有天然气，还有风力和太阳能，不是什么'煤炭大州'，明明应当定位为'能源大州'嘛！"

西弗吉尼亚州大学所在的摩根敦市，地处西弗吉尼亚州北部。这里属于美国东北部的马塞勒斯页岩层的一部分，既可以采煤，又可以开采天然气。尽管天然气价格偏低对当地经济造成了一定程度的冲击，但是整个摩根敦市的经济形势稳中向好。另外，这里离匹兹堡等大城市不远，以户外休闲为主的旅游业兴旺发达。

"既然如此，这个州大可不必拘泥于煤炭生产，而是相反，应当积极推进产业结构的多样化。这里有便宜的天然气，还有高效的太阳能，与环境有关的就业岗位多于化石燃料产业。不过，眼下最缺的也许是具体落实这些政策的勇气吧！在这个州里，像我这样敢说这话的人，也该享受'非国民待遇'了吧（笑）！"

西弗吉尼亚州对产业多样化的抵触——换句话说，对发展煤炭业的执着和自负——源自当地的传统和风俗中根深蒂固的传统观念。

19世纪后半叶到20世纪前期，匹兹堡兴起的产业革命所依靠的社会力量正是西弗吉尼亚州的煤炭大军，至今仍有不少工人以此为荣。据说居住在西弗吉尼亚州的多数人是苏格兰移民的后裔，质朴耿直，自尊心强。所以也有人指出这才是当地人不思变革的原因。

"我奶奶经常念叨这么一句话：自己只需三件衣，穿一件，洗一件，剩下一件周日穿。这种观念代代相传，绝不能让自己丢人现眼。"
科蒂奇维尔市的凯勒·索托梅亚说。

说好听的叫"质朴耿直"，说难听的叫"顽固不化"……超越时空传承下来的传统观念，已经成为阻止他们改变现状的绊脚石，这种批评还是比较中肯的。

因此，这种文化也是酿成整个社会不思进取的另一个原因。

"本地人高中毕业后，要么上大学，要么到石油煤炭之类的企业上班，要么参军。这个地方还有不少'军二代''军三代'呢！

"这种社会风气也与鸦片镇痛剂有关。从战场上回来的不少人都患有 PTSD，他们出于强烈的自尊心，不愿意接受心理医生的治疗，怕丢面子。不管对手是谁，他们毕竟是与敌人打过仗的。可是现如今，他们深受 PTSD 的困扰，常做噩梦，脾气暴躁，为了逃避现实而麻醉自己。总之，让他们陷入泥潭不能自拔的原因是多方面的。"这是索托梅亚夫妇的见解。

北部地区包括天然气开采在内的经济发展呈现多样化，中西部地区的制造业逆风而行，而南部和西南部煤炭业遭受打击……同在一州，处境各异。但是，重温古今东西的产业发展史，只有及时输入新鲜血液，才能形成多样化的产业结构，而一味翻炒传统产业的冷饭，地方经济总有衰落的一天。

有人解读特朗普政府主张，大规模基本建设投资一旦实现，钢铁产品的需求增加，势必带动煤炭需求的增加。然而，在共和党主导的议会里主张基建投资优先的呼声并没有达到人们的预期。与通过煤炭产业增加就业机会的主张一样，基本建设投资仍然停留在竞选时的一纸空谈上。

话虽然这么说，眼下的西弗吉尼亚州也只能指望特朗普——鸦片和煤炭！再这么继续依赖下去，这个州何时才有出头之日呢？

第七章

教育VS 哈勒姆区

抵制教育改革的小学

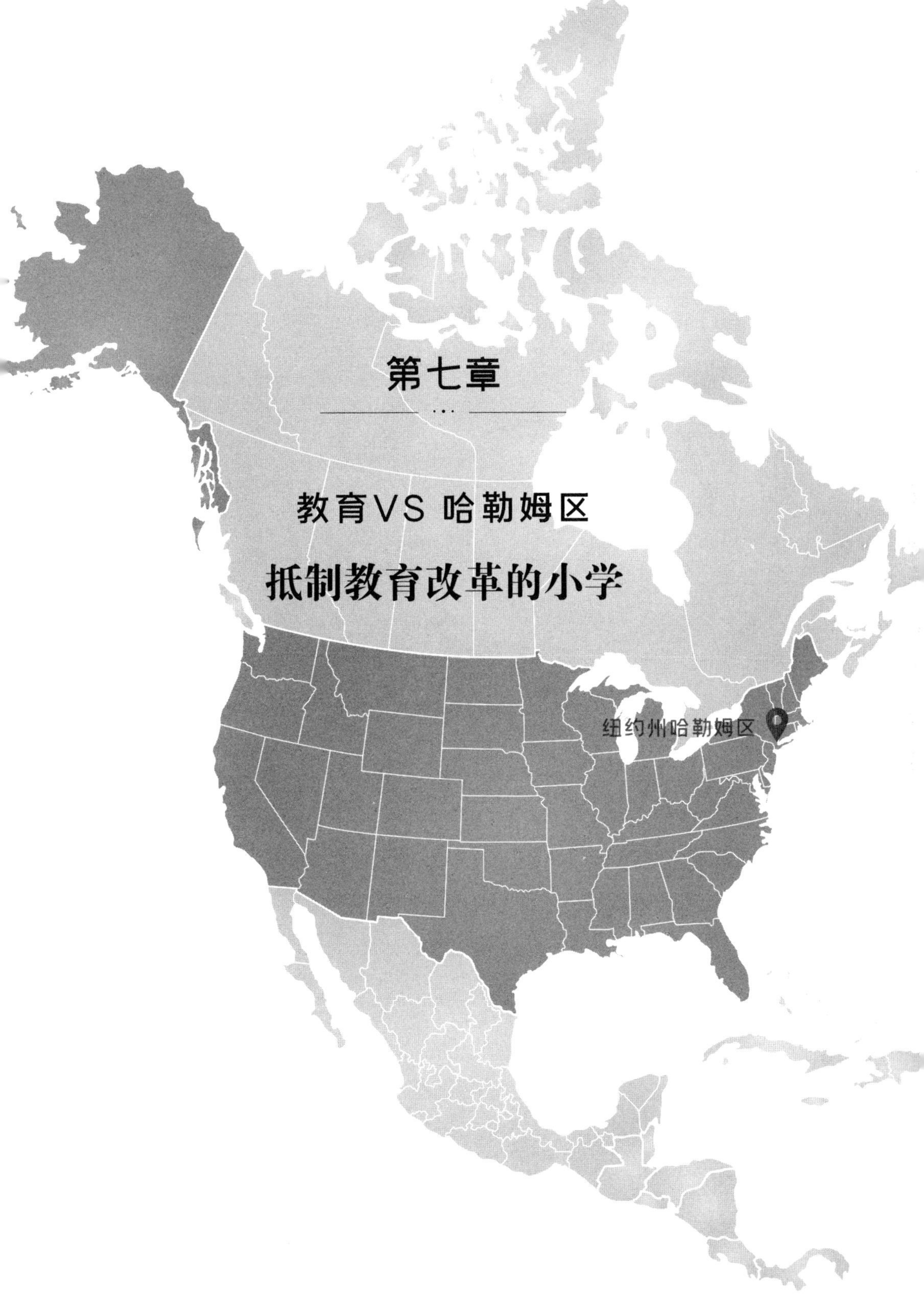

美国的贫富差距加大并且后果严重，然而在其背后还有教育问题的困扰。

　　富人家的子女就读于教育资源丰富的学校，而贫困地区的公立学校预算紧张，连师资都配备不足，学生在应试教育的驱赶下疲于奔命。

　　将竞争机制引进公办教育的一场改革正在美国展开。

　　采访组来到了在教育改革中掉队的纽约哈勒姆区小学，追寻这所学校在摒弃应试教育后自我发展的轨迹——

　　这里是纽约有名的哈勒姆黑人区。

　　在第123大街与莫宁赛德街区交叉路口的一角，有一座市立公园。每天清晨8时，孩子们的喧闹声便响成一片。孩子们在这里玩滑梯、练双杠、和大人们一起打篮球……这个时间离学校上课还早。公园外，上班的人们来来往往。

　　这些孩子为什么这么早就出来玩耍？原来他们正在上体育课。因为校园里的体育馆不能随意使用，老师便利用上课前的时间让孩子们在这里锻炼身体。

　　建在公园旁边的这所公立小学名叫"P.S.125 The Ralph Bunche School"，紧挨着举世闻名的高档住宅区曼哈顿的北端。学校周围是一栋栋低收入群体的公共住宅楼。在这里就读的学生多数是穷人家的孩子，午餐免费的孩子占到学生总数的40%。从全校267名师生的名单里看到，非洲裔美国人占了40%，拉丁美洲裔美国人占35%……总之，少数族裔的孩子占了一多半。在全世界富豪云集的纽约曼哈顿竟然也有人满为患的穷人区。

P.S.125小学的学生不能随便使用的设施不仅有体育馆，连吃午饭的自助餐厅也只能限时使用。没有图书馆，没有辅导特殊学生的专用教室，对个别学生的心理开导也常在楼道的角落里进行。总之，日本公立小学该有的设施，在这个学校里却没有。

为什么学校该有的设施这里却没有？因为P.S.125小学的校舍与另外两所学校共用。具体说来，他们与学生数量不断增加的所谓公办民营的"特许学校"（Charter School）、哥伦比亚大学附属高中使用的是同一栋教学楼，楼内的部分设施早已被这两个学校抢占去。

"六年前刚到这里工作时，给我的感觉是太不公平了。体育馆和图书馆本来是学校的基本设施，竟然因为其他学校的介入而不能使用。因为与其他学校合用一个餐厅，结果，我们连午饭时间都变得不伦不类。感觉这个学校的教育资源已经被人家掏空了。"P.S.125小学的校长莱吉纳尔多·希金斯回忆起2011年刚上任时的情景。

来到这所小学当校长之前，希金斯在布鲁克林区的一所小学执教。当时他以为同在纽约市内而且曼哈顿又是世界中心，这里的教育环境也应该是完善的，可上任后让他愕然。设施共用也就罢了，体育、音乐和美术教师也因预算不足而缺员，上课以应付英语和算数考试为主。平时对学校漠不关心的家长们却反过来向学校索要教育成果。

"师生萎靡不振，校园死气沉沉。"希金斯校长概括道。

竞争机制与学校评估

为什么这所学校落后到这种程度？为了揭开其中之谜，我们需要解读美国公立学校目前的处境和教育改革的历史。

在里根执政的1983年，美国发表了一份题为《危机立国》的教育报告，开头一句"我们这个国家正在面临一场危机"颇为震撼。这份报告将美国学力下降与教育荒废的问题暴露在光天化日之下，其中包括大学入学考试的劣绩和读写能力的欠缺等。

"教育报告认为，公办教育的质量一塌糊涂，无异于遭到敌国进攻。这份报告发布后，人们普遍意识到美国的教育出了问题。"纽约市立大学的教育学教授彼特·陶布曼这么说道。

里根政府将教育改革定位为国家战略，其后的历届政府也将教育改革确定为基本国策。

关于教育改革的大方向，从总体来说，无非是将竞争机制引进学校，以考试成绩对学校进行评估。在教改中走在前面的是"特许学校"。所谓"特许学校"是公立学校的一种，这部分中小学校领取国家财政补贴，但是由民营企业或非营利社会组织（NPO）负责运作，全国共有在校师生140万，不足公立学校学生总数的5%。而在1990年以后，这类"特许学校"的在校生人数一直在不断增长。

教育改革的另一个方面，是始于20世纪90年代的根据考试成绩进行的学校评估，学校和教师对学生成绩负有说明责任，即问责制。

乔治·W.布什政府推出了"不让一个孩子掉队的法案"，在全国实施学力统一测试，对未达标的学校和教师课以处罚。奥巴马政府采用的是名为"力争上游"（Race to the Top）的教改计划，具体内容包括财政补贴向取得成果的州倾斜。结果，考试成绩落后的学校不得不更换教师或主动转型为"特许学校"。

现在的特朗普政府也基本沿袭了历届政府的做法。教育部部长贝奇·德波斯是一位力挺"特许学校"和"教育券制度"的重量级人物。

"教育券"是专门发放给公立学校低收入家庭学生的一种"优惠券"（定向代金券），用来鼓励学生尽量选择"特许学校"和私立学校。这是新自由主义之母、芝加哥大学的米尔顿·弗里德曼倡导的鼓励机制之一。从那以后，他便成为共和党制定教育政策的关键人物。

学校评估体系居然建立在竞争机制和考试的基础上？……看来这便是所谓贯穿美国教育改革的脊梁吧。

一场历时30余载的美国教育改革！这段历史也承载了 P.S.125 小学走向没落的整个过程。

"从20世纪80年代中期到后半期，这所学校有1000多名学生。当时学校开设的教学科目并不少，也曾配备过戏剧、语言、音乐方面的专业教师。"在 P.S.125 小学的讲台上站了32年的本吉·布拉特曼老师这么回忆道。

然而，从1990年以后学生开始大幅度减少。这里虽然也有本地区孩子本身减少的动态人口因素，但其主要原因还是竞争不过邻近的"特许学校"。

"只教英语和算数"

希金斯校长上任之前，P.S.125小学在学区里是有名的"落后学校"。相比之下，"特许学校"招生时总是把高考升学率和考试成绩的优势摆在第一位。

从现实情况来看，"特许学校"往往拒收那些良莠不齐、母语非英语的孩子和残疾儿童。对此，来自各方面的指责由来已久。而公立学校必须接纳上述学生，因此，将考分视为学校评估标准的做法没有公平可言。加之像纽约这样的大城市移民居多，学生的语言能力和学习能力本来就参差不齐。

为了摆脱生活的困境，越是在穷苦中煎熬的父母，越是希望自己的孩子能够受到良好的教育。结果，选择"特许学校"的家庭越来越多。当年希金斯走马上任的时候，这所学校的在校生已经减少到150人。

"学生少了，课堂教学和课外活动砍掉了，我们的老师只教英语和算数，其他活动都开展不下去了。"布拉德曼老师说。

在校生的减少让P.S.125小学的困境雪上加霜。

在美国，固定资产税通常占到教育预算来源的大约一半，而固定资产税随着房地产的价格上下浮动。所以，越是富裕的地区，教育预算越是充足；越是穷的地方，落实到教育口的预算也就越少。预算宽松的学校可以为孩子们提供丰富多彩的兴趣活动，而预算有限的学校连教师的工资都凑不齐，直接导致了教学科目的减少。

因学生居住的地方不同，教育质量明显有高有低，这就是现实……教育机会的不平等以及由此产生的贫富差距固化，成为美国社会的病灶之一。

"教育质量不高与税收偏低，在贫困阶层人口居多的城市里表现得尤为严重。富人区拥有优质的公立学校，本来就没有选择'特许学校'的必要。"纽约市立大学教授德里维多·布鲁姆菲尔德一针见血地指出。

如果还有期待中的正确一面，那就是纽约市的情形略有不同，分配给学校的预算以学生数量为基数。P.S.125 小学的预算之所以被削减，也是因为新学期注册的学生人数有所减少。其实，说起学区内的收入水平对教育产生的影响，所有的学校都是一样的。

纽约哈勒姆区的公立小学——P.S.125 小学

　　在美国，以家长为主体开展的、旨在充实课外教学和课余活动的集资活动习以为常，在这类集资活动中最有发言权的是家长的"钱包"和社会地位。

　　在整个曼哈顿也是屈指可数的高档地段——翠贝卡，这里的小学聘请邻近的名厨举办宴会，当场集资超过50万美元，结果轰动一时。但是，学校总不能期待那些领取午餐补助的贫困家庭如此这般地逢场作戏。现实版的 P.S.125 小学在一场筹措资金的宣传活动中，一个身高五尺的大人连续卖了七个小时的曲奇饼干，却只集到了可怜巴巴的60美元。

　　"当时，我们这些老师都觉得这个学校该废了！"正如13年前开始在这所小学任教的布林达·福克斯老师道出的这句心里话，21世纪初的P.S.125 小学已经被逼到了将被淘汰出局的边缘。因为预算减少，学校被迫砍掉了体育、音乐和美术等与考试无关的学科，只保留了应付考试的英语和算数。因为无法满足培养孩子学习能力的需要，最终促使孩子们离开这所学校。这种现象完全符合螺旋式下滑的特征。

机遇来了！学校的齿轮开始逆转——希金斯校长走马上任，敲下了通往"进步教育"的换行键。

幼儿教育的启迪

何谓"进步教育"？其定义虽然因人而异，但其核心应当有别于教师教给学生们答案的传统教育模式，指的是针对儿童不同好奇心和接受能力的因材施教。

天空为什么是蓝的？白云为什么会漂浮？孩子常会提出这类朴素的问题。当他们收获了自己感兴趣的知识时，心满意足，印象深刻。精心呵护这份好奇心不要让它毁灭，有利于从中引导出更多的学习机会。这就是校长希金斯思考的"进步教育"。

为了落实"进步教育"的理念，不仅要关注孩子们读书写字、计算数字，还要从孩子们的好奇心这根天线上接收信息，开展各种活动，比如艺术鉴赏、歌剧、舞蹈、游泳、种菜等。至于"进步教育"这种提法是否恰当姑且不论，希金斯校长倡导的教育理念，在富裕家庭孩子就读的贵族学校和私立学校，以及赞助充足的"特许学校"已经普遍推行。

现在，要求学校推行"进步教育"的家长越来越多。"进步教育"

需要丰富多彩的教学课程支撑，而且要求学校具备相应的教学能力。在经费有限的公立学校开展"进步教育"的路上，有一道道难以逾越的坎儿。但是，知难而进的希金斯校长勇敢地在这里发起挑战。他说："'进步教育'本身是一种由来已久的办学模式。我以前常听当过教师的父母说起过，这是一种理想的教育模式。当时我就暗下决心，等我当了校长以后一定要尝试一番。"

从传统教育向"进步教育"的转型开始了。其中有一个重要的成功因素值得一提，即小学附设的Pre-K（儿童年满4岁的幼儿园学前班）所实施的教学活动。

幼儿教育原本不在于提高学力，许多课程都是为了培养孩子们的好奇心。P.S.125 小学的Pre-K也积极组织开展这类活动，老师把孩子们带到室外，让他们参与各种体验活动，效果与人气不足的小学完全不同，幼儿班的活动深受家长和孩子们喜爱。因此，希金斯决定帮助Pre-K的老师们，把这些经验推广到幼儿园和小学的低年级。

"为低年级的孩子们创造一个自我尝试、自我发现的环境非常重要。比起课堂教学，更应该让孩子们接触实际，有所发现，然后再把这些发现带回到课堂上。"编写 Pre-K 教程并且在幼儿园大班授课的米歇尔·阿伦说。

积极践行"进步教育"的米歇尔·阿伦老师和她的学生

2017年6月初我前去采访时，天空不时下着小雨，可幼儿园的孩子们依然满不在乎地来到学校旁边的小菜园。一组孩子把吃剩的香蕉皮放到角落里堆肥，另一组孩子坐在田头画紫苏苗，还有一组孩子寻找土里的昆虫，最后一组在园内爬树。没有大人在意他们弄脏了衣服。阿伦老师说，这些活动的意义在于让孩子们亲身感受自然界的生态循环。

当然，把传统的授课方式转变为"进步教育"并不容易。一所在纽约市垫底的学校高调推行"进步教育"的时候，市里是不会痛痛快快地点头答应的。所以，希金斯首先把精力放在提高考试的分数上。

通过考试检测每个学生的学力，准确把握每个学生没有学懂的内容。同时将每位教师擅长的科目进行梳理，根据他们的特长重新组成教学团队。尽管追求考分的做法与校长希金斯的理念背道而驰，但是为了让学校争取到更多的管理权限，他硬着头皮把解决问题的焦点对准了考试。

后来，学校的考试成绩有了提高，市里的督导员也认可了他们开展的灵活多样的教学活动。看到这种情况以后，希金斯校长开始下调应试教学的比重，增加英语和算数以外的课程。

"选择（别人）不选择的"

家长态度的转变，对 P.S.125 小学的变革也产生了决定性的影响。大多数家长愿意"把对孩子的教育交给专司教育的学校"，主动参与学校管理的家长渐渐增多。其中有一位日本人起到了主导作用。

铃木大裕，2011年到2016年在哥伦比亚大学从事研究活动。他有两个女儿就读于 P.S.125 小学。旅居纽约的日本人以外派人员为主，他们居住的地区本身就有高水平的公立学校，也有不少人把孩子送进私立小学，可是铃木住在哥伦比亚大学附近的哈勒姆区，他便把孩子送进了P.S.125 小学。这里面还有一个原因，铃木有他自己信奉的人生哲学——"选择（别人）不选择的"。

"有条件挑选的人作出选择时，不会选中他认为办不好的学校。而我考虑的是如何把孩子就读的这所学校办好。"

铃木来哥伦比亚大学之前当过公立中学教师，这是他当时形成的观念。

当时，这所学校既没有体育馆，又没有图书馆，还没有音乐美术老师，处于最困难的时期。来到学校亲眼一看，这里穷得无法想象。没有体育馆，体育课只能让孩子们在教室里躲开课桌锻炼身体。没有音乐课也就算了，可是偏偏又从旁边的"特许学校"里传来优美动听的乐曲。学校里没钱购买胶带和复印纸等学习用品，上课需要时让学生们在家里备好。

"感觉在同一个教学楼里似乎存在等级制度。"铃木回忆道。

因为他只接触过美国教育体系中最优质的部分,所以,这里的一切都令他大失所望。

铃木在高中时期曾经在新罕布什尔州的一所寄宿学校留学,美国的寄宿制学校大都标榜"全人教育",不仅重视考分,而且具备音乐、艺术欣赏、体育等有利于培养青少年特长的完美环境。而且学生少,教师的工作非常到位,充分听取孩子的心声,教学生如何独立思考。可是,再看看自己的孩子现在就读的这所小学,与他当年受到的美国教育正好相反。

"本来,我想重温美国教育的长处,所以才来到哥伦比亚大学······眼前这一切居然与自己当初受到的美国教育大不一样,太意外啦!"

于是,铃木便从学生家长的角度开始关心这所学校的管理工作。

铃木认为"首先要广交朋友"。他主动与家长们交流沟通,促使每年9月开学前召开的家长说明会改变了形式,以往都是希金斯校长给大家介绍情况,现在把家长和学生推到前面。铃木认为请学生家长和孩子出面畅谈感想,比校方的自我宣传更有说服力。他还参考其他学校的做法,利用社交网站,多渠道发布信息,为学校筹措资金。

2017年度担任家长会会长的特莫伊·泽玛也是铃木举荐的。泽玛把孩子送到 P.S.125 小学的幼儿园学前班上课,对阿伦老师的教育模式产生了浓厚的兴趣。然而,这里毕竟是一所重视考试成绩的传统学校。正当泽玛去留两难的时候,铃木邀请她一起依靠家长的力量逐步改变学校。校长也说过,把学前班的课程推广到低年级。"豁出去了!"泽玛决定把孩子继续留在这里。

"如果没有密斯·阿伦老师在，我是不会留在这儿的。最坏的打算是居家教育。"

让那些对学校漠不关心的家长改变态度的原因，还有当地的"城市再开发"项目。在开发过程中，中产阶级开始入住城市贫困地区，致使当地的人口结构和人际关系发生了变化。

多年来，P.S.125小学周围的居民以低收入的非洲裔和拉美裔为主，然而在曼哈顿的房地产价格暴涨的影响下，中产阶级开始迁入住房相对便宜的哈勒姆区。这里的穷人每天从早工作到晚，没有多余的时间关心孩子的学习。但是，新入住的中产阶级的居民收入较高，对孩子的教育就很热心。当地人口多样性的发展趋势正好让P.S.125小学迎来了发展机遇。

教学内容的多样化也有家长们的一份功劳。一度只保留了英语和算数这两门功课的P.S.125小学，现在终于开辟了音乐剧、歌剧、乐器演奏、艺术欣赏、游泳和剧本写作等丰富多彩的课程。其中大部分师资和设备是校外的社会组织提供的。

音乐剧和剧本写作课由专业艺术家组成的Young Audiences New York负责，游泳课由Asphalt Green Swim for Life负责，学种菜由Harlem Grown负责……总之，各个团体派到学校授课的都是专家。许多高水平的活动是家长们积极找来的，家长们还主动帮助学校拉赞助，筹措经费。

面貌一新的教师队伍

"去年，学校里新开辟了菜园，每周一次的游泳课也有了着落，音乐和演剧等课程应该是几年前没有的。作为家长，我已经向校长转达了我们对'进步教育'的想法，我估计校长也已经知道了。现在，整个学校充满了正能量。"家长安杰拉·艾斯特斯这么说。她的儿子是 P.S.125 小学一年级学生。

阿丽亚·托马斯的儿子也在这里的幼儿班上课，她接着说："这两年学校的'进步教育'稳步推进。我觉得来到这儿的每位家长都能感受到，若想改变学校面貌，我们这些当家长的必须肩负起这副担子的一部分。任何事情都不可能立刻变得完美无缺。校长是一位虚心听取大家意见的人，心胸开阔，才让我们有机会参与学校教学活动。"

2016年，家长会的成员不到10人，今年已经增加到了三四十人。其中的原因也许是家长们开始相信这所学校将越办越好。

家长们的鼓励给校长希金斯增添了干劲。

自从与另外两所学校共用校舍以后，P.S.125小学一直被迫让步，如今也出现了可喜的变化，可以部分使用体育馆等教学设施了。

随着学生家长的呼声越来越高，学校与市里和其他学校进行交涉的底气也越来越足。学校的设施凭什么被别的学校拿走？这里面有学生数量减少的因素，而家长们当初对学校漠不关心的态度，也是其中一个不可忽视的重要原因。

如今，教师们的表现也有了转变。

6月2日，在一年级的课堂上，学生们被分成四组制作比萨饼。这个组专门做生坯，那个组往上面涂抹番茄酱和奶酪等配料，还有一个组负责设计描绘桌布和餐垫的图案，最后一个组收款数钱。（老师）以比萨屋的营业过程为教材，给孩子们上了一堂生动的商业基础课。

"六年前我刚来这个学校的时候，曾经让6岁儿童在一周内参加过五次考试。可是从去年起，我一次考试都没搞过。采用做游戏的方式上课，我随时注意观察两个助手和学生们的互动。"负责一年级学生的莎拉·朗顿老师介绍说。

我们采访时也回顾了以前的学校是如何按照传统教学大纲上课的。当时，所有的科目都围绕考试制定教学大纲，用大学师范课程严格指导未来的老师"怎么教"。朗顿老师上大学时被灌输的就是这套循规蹈矩的教学方法，传统教学套路和耳濡目染的教学方式难以改变。现在，他开始注意研究阿伦和其他老师的授课方式，经常向校外的研究人员请教，学习最符合"进步教育"的教程和教学方式。

"看到学生们在自己设计的课堂教学中茁壮成长，我感到非常愉快。坦率地说，虽然工作量增加了不少，可我就像完成拼图游戏那样收获了无穷的乐趣。"

部分老师向朗顿老师那样积极面对学校发生的变化，也有部分教师闷闷不乐。

"包括我在内，'进步教育'给老教师带来的变化太大了。"布拉德曼老师毫不隐瞒地说。学校的变化对习惯于传统教学方式的教师来说，无疑是一场严峻考验。尽管如此，他们也表示要积极适应这些变化。由于考试成绩的达标率明显提升，"进步教育"的成果开始显现。

校长希金斯说："我刚当校长那会儿，读写能力符合年级要求的学生占23%，现在是44%。算数考试超过全州平均分的学生，也从原来的37%增加到了54%。当然了，就学力而言这个学校还没完全达标。但是，孩子的笑脸、学习的快乐、家长的欣慰……看到这番情景，我自己觉得眼下我们所做的一切都是对的。"

与家长们并肩改造学校的希金斯校长

什么是教育成果？

2016年9月开始的新学年，近200个孩子到 P.S.125 小学报名。在6月份学校举办的报名说明会上，家长们通过义卖汉堡、T恤衫等，为学校筹集到了8000美元的经费，与当年区区60美元的筹款相比有了天壤之别。

目前，学校面临的问题是学生数量增长导致的学校空间不足。另外，也有人批评道，中产阶级入住后出现的"贵族化"现象，如果任其发展下去，居住在这里的穷人势必遭到排挤。作为区域内的一所小学，应当如何向当地低收入家庭的孩子们敞开大门？在前进道路上总会遇到新的困难。但是正如希金斯校长所说，P.S.125 小学已经步入正轨。

这就是在学力下降和教育改革中成为众矢之的的公办教育。由美国带头直接向教育索要成果的呼声积重难返。事实上，特朗普政府和共和党正在打着"择校"（School Choice）的幌子，竭力推动"特许学校"和私立学校的发展。

在资金来源有限的情况下索取投资回报，这种想法是可以理解的。那么，什么是教育成果？是学力的提高，还是生存能力的积累，抑或是培养具有民主思想的优秀市民，还是它们的总和？答案是仁者见仁，智者见智。至于公立学校应该如何发挥自己的作用，地处纽约哈勒姆区的"落后校"——P.S.125 小学——给出了一个答案。

纽约的另一所小学。因校方经费不足家长自办的图书馆

第八章

美军VS 外籍军人

做不成美国人的男子汉们

📍墨西哥蒂华纳

在美军服役的军人里，有许多外国人持有"绿卡"，但他们没有入美国籍。

　　他们之所以投身美国军队，一方面是为了吃穿不愁，光荣退伍时容易获得美国的国籍也是重要原因。

　　但是，正因为他们是外国人，所以一旦在服役期间犯罪，退役后将被没收"绿卡"并且被遣送回国。

　　在墨西哥的蒂华纳，我追踪采访了这类退伍军人被驱逐出境后的现状。

眼前的这个彪形大汉站在边境的隔离墙前，在红褐色木桩上刻下了自己的名字——乔昆·亚比雷斯。看看左右的其他木桩，白色漆皮上都刻着名字。

"在这里留名的都是为美国卖过命，然后又被美国赶出来的男子汉。"

乔昆在美国的精锐部队海军陆战队当过兵，如今他已经回到了隔离墙这边的墨西哥一侧。说他染指一桩无聊的犯罪案件，他也认了，可是，让他至今耿耿于怀的是，自己从小到大，明明是个美国人，为什么落得了被美国驱逐出境的下场？

刻有名字的一根根木桩便是他们这些曾经当过"美国人"的纪念碑。如今，他也站在了这里……在边境留名，为的是将自己的过去刻入历史。

这里是边境线上的友谊公园。在他的不远处，一组离散在美国和墨西哥两边的家人正在隔墙说话。每逢周末两天的上午10时至下午2时，美国一侧的口岸敞开，分住两边的人们共度重逢的片刻。

2018年2月，由于美国加强了边境管制，每组的见面时间缩短为30分钟，而且还把每组的人数限制为十人以内。特朗普政府加强边境戒备的政策在这里也略见端倪。

边境的阳光虽然强烈，拂面吹过的海风和阵阵涛声却令人神清气爽。

面向太平洋、人口140万的边境城市——墨西哥的蒂华纳。

这里是墨西哥为数不多的工业城市之一，在NAFTA（北美贸易协定）和IMMEX（以对美出口为前提，原材料进口免除关税的制度，相当于以前的保税加工政策）的诱惑下，有不少跨国企业在这里扎堆建厂。

从2018年7月到9月，采访组断断续续几次走访了蒂华纳。

开始实地调查之后，我了解到蒂华纳有一个不同寻常的团体——被驱逐退伍军人支援所，实际上相当于救济设施，俗称为"邦卡"（Bunker）。

当时在美军有许多外籍军人持有永居权，即"绿卡"，但不是美国公民。其中也有人因为服役期间犯罪而受到驱逐出境的处罚。

但是，他们当中的多数人在美国有自己稳定的生活来源，不少人被赶到境外后一贫如洗。于是，"邦卡"为这些外籍退伍军人（主要是墨西哥人）安排临时住处，帮助他们打电话、发邮件、寻找工作，办理各种手续，并且设法照顾流落在蒂华纳街头的退伍老兵。

几座山丘似乎把蒂华纳的市中心围了起来。"邦卡"的大本营设在这里的一个住宅区内。街上无家可归和吸毒成性的人随处可见，周围都是普通人家。一排看似水泥砖头简单堆积起来的上下两层简陋房屋，门口飘扬着星条旗和美国海军陆战队的军旗。楼下有张办公桌，还有供人打盹儿的沙发及淋浴间。楼上摆着三张简易床，另有一间小厨房。墙上挂着一群年轻士兵的合影，估计是新兵入伍时的纪念照。

2018年7月下旬的一天，我采访了"邦卡"。一个光头男人笑呵呵地把我们迎进门。他就是这个组织的发起人海克塔·巴拉哈斯·巴雷拉。

蒂华纳：掩护战友的 "战壕"

海克塔虽然腆着肚子，锃亮的光头下强壮的胸膛，完全是一副在得克萨斯生活过的派头。墨西哥出生的海克塔在7岁那年随父母移居美国，无论身材还是内心，他都不失为一个地道的美国人。可是，在2010年他却被遣送回早已陌生的老家。在这些境遇相同的退伍军人里，有人绝望自尽，也有人整天沉溺于毒品。海克塔把这些同病相怜的退伍军人召集起来，向他们伸出了援助之手。

"在军队里，所谓'邦卡'就是地道，意思是安全的地方。后来也不知是谁，把这个名字按到我这儿啦。长期作战总要有个休息的地方，因为这是一场漫长的战斗。"

在美国，有一个群体被人们称为"追梦人"，他们自幼跟随身为非法移民的父母来到美国，在美国长大成人，他们的处境与待遇始终是美国的一个社会问题。蒂华纳的退伍老兵们原本持有合法的"绿卡"，如果从本人犯罪遭到驱逐出境处罚的角度来看，也可以认为是他们咎由自取、自作自受。但是，他们毕竟是自幼随父母移居美国的"移二代"。这些"追梦人"被驱逐出境后的处境可以说是率先尝到了命运多舛的滋味。

在光怪陆离的蒂华纳，这些一失足成千古恨的傻瓜们、被边境和国籍捉弄过的男人汉们，正在上演一场退伍老兵的悲喜剧。

创办"邦卡"的海克塔·巴拉哈斯·巴雷拉

出生在墨西哥瓜达拉哈拉的路易斯·凡特移居美国时12岁。在美国工作的母亲与美国人再婚，拿到了"绿卡"，然后便把姐姐、路易斯和外祖母也接了过来。随着父母直接拿到"绿卡"的路易斯一直以美国人自居，在这里度过了初中和高中的美好时光，1998年毕业后参军入伍。他服役的是陆军第82空降师，也就是身背降落伞从飞机上奋不顾身往下跳的伞兵部队。后来，他又被调到了特种部队。

"在空降部队的时候非常快乐，因为能够飞遍全世界。"

然而六年以后，他迎来了人生的黑暗时刻。他和朋友一起在俱乐部喝酒的时候与另一伙人发生了口角，结果引发一起群殴事件。其中的详情他闭口不谈，但从他后来蹲了12年零4个月的监狱来看，罪过不轻。当时，他已经和一位有两个孩子的妇女订婚。然而12年的刑期太长，无奈的未婚妻便带着孩子改嫁他人，开始了新的生活。

路易斯为自己申请了美国籍，结果也没有成功。

2001年"9·11"恐怖事件发生后，布什政府调整了国籍申请制度，给予在美军服役的外国人优惠政策，包括免缴申领国籍所需费用等。实行这个制度的目的之一是给这些为美国而战的外籍军人提供入籍的机会，同时也有利于他们执行军务。比如说，这些外籍军人一旦获得美国籍，便符合了"接触国家安全信息的安全认证"的要求，派驻到伊拉克或阿富汗时，他们也可以接触到机密情报。

当时，路易斯也申请了美国籍，只是因为在酒场上打架斗殴，他的所有梦想都彻底落空。如果说年轻气盛倒也情有可原，只是他为此付出的代价未免太大了。

被驱逐出境后过了一年，小时候在墨西哥生活过十来年的海克塔和乔昆，渐渐适应了蒂华纳的生活。"四海为家"，说起来容易做起来难，初来乍到的路易斯对这里的现实生活迟迟不能接受。

"我不喜欢这个城市。又脏，乞丐又多，还有卖春的、贩毒的……"

"有朋友吗？"

"我经常一个人生活。早晨7点到下午5点在客服中心上班，然后去健身房。我还养了一只小狗呢！各方面的原因都有，在这儿找个可靠的朋友不容易。"

"谁染了毒品，能看出来吗？"

"……"

"对驱逐出境的处罚，你是怎么想的？"

"祸是自己惹的，百分之百地后悔。可是，我蹲了监狱，已经赎罪了。还为军队卖了六年的命。按说不应该再把我驱逐出境了，我到现在还是这么想的。我希望再得到一次机会，一个把自己的人生推倒重来的机会……"

愚昧者的挽歌

美国海军陆战队的司令部设在冲绳。

曾经在第3陆战师服役的士兵阿勒汗德罗·格美斯·克鲁特斯，退伍后因犯有私藏和贩卖毒品罪被捕，受到驱逐出境的处罚。所贩毒品的重量仅价值20美元，但属于违法犯罪是确定无疑的。他先是被送进监狱的戒毒所，然后又被遣送回墨西哥。事发时间为2006年。

"相当20美元，就卖了一点点可卡因。毛毛雨啊！而且文件上写的还是缓期执行……这辈子全完了。居然驱逐出境？这也太严了吧！我又不是巴勃罗·埃斯科巴（哥伦比亚大毒枭）……"

阿勒汗德罗18岁参加美军，一年后即被开除，理由是经常迟到。据阿勒汗德罗自己说，他当时有了未婚妻，可未婚妻在参加朋友婚礼后回家的路上被人杀了。于是，自暴自弃的阿勒汗德罗每日酗酒，次日的训练总是迟到。于是被开除，而且属于那种"不光彩的除名"。

"当时我已经无法控制自己了，连她的葬礼都没管。真不是东西！"

后来，阿勒汗德罗和别的女人结了婚。至于他在私藏贩卖毒品被捕之前都干了些什么，本人不想说。可是看他的后背和腿部留下的枪伤和刀疤，倒像是江湖上的一条硬汉。

寄身"邦卡"的阿勒汗德罗·格美斯·克鲁特斯

顺便先说几句，后有详述。2006年他被驱逐出境后又偷渡回了美国，结果被人发现，再次受到驱逐出境的处罚。重蹈覆辙的处罚让他所有的希望化为乌有。被美国驱逐后的最初日子里，妻子带着孩子来过墨西哥。可是夫妻关系渐渐疏远，最后还是离了。听说他26岁的大女儿最近生了孩子，他不知不觉地当上了外祖父。

"妻子太累了。我挣不到钱，家里的开销全靠她，而且还要伺候我，生活的压力太大。以前我还经常冲她耍脾气，现在理解她了，感谢她替我生养了四个孩子。"

战时与平时外国人参军的人数有所不同，如果平均起来，每年约有5000人。由于入伍和退伍重复交叉，具体数字略有出入。据说在2012年的某个节点，美国全境共有2.4万持有绿卡的外国人在美军工作。1999年到2010年之间累计约有8万外国人在军队工作。预备役除外的美军人数达130万，从比例上看外籍军人只占极少数。不过，每年的5000人也是一个不可忽视的数字。

外国人投靠美军在不同时期有不同的理由。安德鲁·德·雷恩因满脸深刻的皱纹令人印象深刻，他参军的目的是想找一份正式的工作。

"参军后可以有更多发展机会嘛！那些意大利和德国的穷人移民美国后都成了有钱人。他们是怎么发财的，我不明白。但是人家都富裕了。在美军里也有许多机会，我想抓住这个机会，让自己这辈子有点出息。"

安德鲁的工作是在陆军当厨师。虽然不用上战场，可他在美苏冷战期间也在最前线的西德随军干了两年。退伍后，他先后当过卡车司机、园林工和厨师。至于他到底抓住机会没有，还要看安德鲁本人是怎么想的了。上帝保佑他得到了三个孩子和七个孙子，虽然算不上有钱，却也建立起一个普通的家庭。从这个角度来看，他的结果并不坏。

安分守己的安德鲁也遭到了驱逐出境的处罚，原因是私藏海洛因。入狱十个月，然后被遣送到墨西哥边境的蒂华纳。

"兜里只有两克海洛因，结果又是坐牢，又是驱逐出境。当然，家属和房子还在那边，其实也带不回来，对吧？家里人都说我是自作自受。这话说得没错！"

从贫困和暴力中解脱出来

73岁的霍塞·梅鲁齐亚德斯·贝拉斯科从越战即将结束的1972年起在陆军服役六年。他是应征入伍的。1973年尼克松政府下台之前，美国实行征兵制，结果他被拉了进来，服役的地方是负责武器弹药等研发的陆军武器科。

霍塞在军队效力六年，然后回归普通市民的生活。被驱逐出境的原因是打架斗殴。遣返令上写道："2012年12月29日，因使用武器行凶，被洛杉矶地方法院判决有罪。"但是，霍塞说自己是冤枉的。

"我手里没拿武器，而且，我并没有接受有罪判决。"

"可是，文件上就是这么写的。"

"这不符合事实，证据不充分，法官明明对我说的是'您可以回家了'。可是移民局的人偏偏忘了撤销我的犯罪信息。所以，国土安全部的人来了，那次连我在内，一共逮走了五个人。"

"您是说他们抓错人了？"

"是的！他们说'因为您有犯罪记录，所以，必须请您滚回墨西哥去。'我想在法庭上跟他们据理力争，可是这种事在墨西哥也休想办到。请律师需要钱吧，可我没钱，我们家也没有。"

"真的？"

"真的！因为我被遣返回国，军人的福利待遇被砍去了一大半。我有糖尿病，需要打胰岛素，钱都是我自己出的。这个国家对年龄的歧视相当严重。像我这把年纪，回到了墨西哥也没地方雇我啊！"

后来，我向熟悉移民法的律师咨询过霍塞的案例。据律师说，大概率是因为他当时没有提交撤销犯罪记录的申请。因此，国土安全保障部根据犯罪记录走完了遣返回国的全部程序。如果是这样的话，应属于本人失误。至于非法移民的问题，涉及当地政府和州政府的海关边境保卫局（CBP）、移民海关执法局（ICE）等部门，情况确实复杂。

"我掉进了这个体系的裂缝里……"霍塞这么说，为自己命运不济唉声叹气。但是，这是一场因为本人对政策法规和执行机关缺乏了解惹下的祸，在移民中间不了解这类政策的人并不少见。

　　还有，霍塞也没有办理过申请美国国籍的手续。据他本人说，参军时曾听到负责征兵的军官介绍，入伍后等于自动获得了美国国籍。实际上对此深信不疑的人似乎也大有人在。而现实情况是，如果本人没有提出申请，一切都无从谈起。如果加入了美国国籍，即便持刀行凶也只是将肇事者关进监牢，而不会受到驱逐出境的处罚。

　　他至今还没有见过自己被驱逐后出生的曾孙。如果说是因为愚昧无知惹下的祸也只能自认倒霉，可是，如果霍塞讲述的情况属实，那么，这口气实在令人难以咽下。

在第 82 空降师服役时的海克塔

再来说说"邦卡"发起人海克塔的情况，他现在已经从贫困和打架斗殴中挣脱出来了。

海克塔7岁来到了美国，是在洛杉矶的康普敦长大的。康普顿是洛杉矶市中心与长滩市之间的一个区，高犯罪率和黑社会团伙之间的火拼，让这里臭名远扬。如果看看有关"嘻哈组合"（Hip-Hop）的传说和美国西北航空公司的传记电影《冲出康普顿》（*Straight Outer Compton*），对当地乌烟瘴气的场面便可一目了然。杀人、抢劫、贩毒……除了本地人，谁也不敢靠近这个邪恶势力猖獗的康普顿。但是，穷困潦倒的移民家庭没有选择居住地的权利，最后必然流落到低收入人群聚集的康普顿。

"走进军队是因为我崇拜 GI-jo（动漫片里美国特种部队的士兵形象）。再说，如果我赖在康普顿不走，早晚得死在那儿，或者正在蹲大狱，或者堕落成不折不扣的吸毒犯。在部队服役保证我能够加入美国籍，所以我想趁这个机会离开那个鬼地方。"

参军后，海克塔被分配到陆军，在大约六年的军旅生活里，他去过的陆军基地有北卡罗来纳州的布拉格堡、得克萨斯州的布利斯堡、路易斯安那州的波尔克堡等。

"我没有上过战场。但是如果需要，我哪儿都敢去，为国家而死的觉悟咱还是有的。"

不幸的是，他在2001年卷入的那次枪击事件让他的人生黯然失色。尽管没有人在枪击中受伤，实际开枪的似乎也不是海克塔，可他还是认罪了，被判处三年有期徒刑。刑满释放后的2004年被送回了墨西哥。

"那件事的详情我不想多说，判决书上写着是我干的，这就足够了。"

不同的年月和不同的人，参军的理由也不尽相同。有人为了获得美国国籍，有人为了攒钱上大学，也有人想找份好工作，还有人想趁着在空降师服役的机会飞遍世界……但是，如果得知入伍后还有军方提供国籍的政策，估计会有一大半的移民报名参军。

贩毒团伙的诱惑

在边境墙上留名的人们里，有人因癌症或心脏病已经作古，有人沉溺在毒品里走投无路，相对于不少人的悲观绝望和自暴自弃，夹在他们中间的海克塔坚守自己的底线并且成立了"邦卡"。

这些人受到驱逐出境处罚的原因极其简单，无外乎持有"绿卡"的外国人触犯了美国法律。不管是退伍老兵还是什么人一律依法处置，这就是所谓的"国家权力"。其实，让他们在异国彻底绝望的，是判决书里的那句话："a Citizen of Mexico"（一个墨西哥公民）。而他们自以为是美国人。

结束了12年的刑期，身无分文的路易斯被赶回了墨西哥，而他生活的全部分明是在美国。在墨西哥，除了已经疏远的父亲，他没有一个像样的朋友。能够救他的是留在美国的母亲、姐姐，还有自己的一口西班牙语。

回到蒂华纳以后，路易斯的母亲在他找到住处之前的那个星期里，一直陪着他临时住在"邦卡"，姐姐也东拼西凑地给他寄来了眼下的生活费。现在他重新拾起儿时用过的西班牙语，找到了一份电话营销的工作。然而，当初假如没有姐姐寄来的生活费，他要么犯罪、要么吸毒、要么掉进毒贩子的魔窟，别无选择。

因为私藏两克海洛而被赶出美国的安德鲁也是一样。早年在得克萨斯州一家农场打工的父亲在农场主的劝说下，1955年就已经拿到了"绿卡"，年少的安德鲁也跟着父亲有了"绿卡"。从那以后一直到2010年被驱逐出境的50多年里，他始终以为自己是个美国人，至于文化和习惯的适应过程，一言难尽。

"被捕之前，我从来没有意识到自己是墨西哥人。"本章开头介绍过的乔昆这么说道。

他的这句话能够在被驱逐出境的退伍军人中间或多或少地引起共鸣。

在蒂华纳谋生的退伍军人里即便有人涉毒也是因为生活所迫。当然，也有人是被贩毒分子乘虚而入勾引去的，因为老兵枪法好，而且知道怎么杀人，对军队的纪律和指挥系统也了如指掌。在与其他贩毒团伙的交战中，老兵的一身武艺大有用场。因此，囊中羞涩的退伍老兵绝对是贩毒团伙拉拢的对象。

"他们先是跟我套近乎。'听说您在海军陆战队待过啊，这把枪不知哪儿卡了，您能不能帮我修修啊？'我就替他们把枪鼓捣好了。然后他们又对我说：'跟我们干吧！'原来他们是来招兵买马的！"

"如果拒绝呢？"

"被他们干掉。因为他们不知道我的底细。他们也许心里嘀咕：几千美元的美差，这小子为什么不干？是不是另一伙的，所以才拒绝了咱们？这家伙会打枪，又知道咱的长相，对咱们太危险了！所以，自从有了这件事以后，我不得不经常搬家。"阿勒汗德罗毫不隐瞒地说。

据他说，实际上，凡是在阿富汗和伊拉克打过仗的美国兵以及塔利班的士兵，都被这些贩毒团伙收买过。

被驱逐出境的老兵们首先想的是如何重返美国，说起来也在情理之中，因为他们的家还在美国。唯一的办法是和其他非法移民一样偷渡回去。事实上，就在不久以前，偷渡到美国并没有人们想象的那么难。

说到阿勒汗德罗，2006年被送回墨西哥后便与前来会面的妻子一起返回了美国。虽说受过驱逐出境的处罚，但他保存的加利福尼亚驾驶执照仍在有效期内。妻子把这本驾照带到了蒂华纳。

那天晚上，他们夫妻二人吃过章鱼饭，在夜总会跳舞，等到半夜两点，他们开着车加入过境的车流里。轮到阿勒汗德罗通关的时候，检查官过来盘问，阿勒汗德罗谎称自己是美国公民，并且出示了加利福尼亚的驾照和海军陆战队的证件。只见这位检查官眼睛一亮，原来他也是从海军陆战队退伍的。

"OK！不过，到了2008年你们就必须出示护照了。"

就这么简单，什么也没问。

作为非法移民刚回到美国，可供他干的事情不多。阿勒汗德罗找到了一份卡车司机的职业，具体工作是把观叶植物送到南加利福尼亚的家得宝商城和沃尔玛超市。

面试的时候，阿勒汗德罗仍然谎称为美国人，又出示了海军陆战队的证件。再加上他出生不久就被抛弃，在美国的"爱心家庭"里当过养子，会说一口流利的英语。如果是在现在，有没有美国的就业资格，使用E-Verify（就业身份验证系统）立刻一清二楚。不过，亮出海军陆战队的经历，谁也不会想到他是墨西哥人。

其实也不然，如果用人单位再慎重一些，兴许也能发现一些蛛丝马迹。可是，非法移民是雇主们求之不得的劳力，而且当时的时机也合适，正是金融危机爆发前的经济景气的时期，美国经济全面提速，招募到一个属于重体力劳动的卡车司机并不容易。和纽约市一样，加利福尼亚州的大城市也是对非法移民比较宽容的"圣殿城"，只要没有犯罪前科和交通事故，警察不管你有无居民资格。

但是，阿勒汗德罗在报税时把非法滞留的身份暴露给了当地的移民和海关执法局。那天，他下班后回家休息，有人打来电话。

"您是阿勒汗德罗·格美斯先生吗？"

"是我，什么事？"

他的话音刚落，对方就把电话挂了。

第二天，他刚要把汽车开出车库，就被几个全副武装的人包围了。2010年5月10日逮捕，5月18日驱逐出境。顷刻之间，大祸临头。

"那时候，我才想起来，自己犯过罪。"

后来他跟妻子分手的故事，前面已有陈述。

海克塔又被驱逐出境

偷渡败露后，当局的处置方法也不尽相同，有时候像对阿勒汗德罗那样立即驱逐出境，有时候关进监狱长期服刑。据前面提到的那位律师说，区别对待的根据似乎与犯罪前科的轻重有关。

2001年因非法持有枪支而被捕的乔昆，受到驱逐出境处罚之后，因两次偷渡被判处5年徒刑。假如与非法持枪罪一起数罪并罚，刑期应为11年。因为他为了与家人见面反复偷渡回美国，偷渡被抓后刑期延长。这种情况即便出现在普通非法移民身上，结果也是一样。

监狱里的生活只能在电影里看到，据说监狱生活也是有"级别"的。

"这要看去到哪家监狱了。在监狱里原则上可以发挥自己的特长做自己的事。我在这家监狱里为不会说英语的犯人当英语教师，给其他犯人上过几堂英语课呢！在其他监狱里当过总务秘书。"

"发生过暴力事件吗？"

"有吸毒的，也有打架的。在监狱这种地方如果不懂得尊重对方，就会被其他囚犯拳脚相加教训一番。我亲眼见过有个囚犯被人割断了喉咙，也见过有人被捅了一刀，还不止一两次地看到过囚犯集体闹事的过程。哪个监狱都有犯人的用武之地，这就是监狱世界。"

在监狱里服刑12年的路易斯也回忆起当时的情景。

"基本上是按不同的道德观分成几个帮派。在这个基础上同一类人经常在一起活动，只需要服从监狱的规定。监狱的生活很惨。在这个特殊世界里，能够把自己保护到什么程度，取决于能够得到多少尊重。"

"出过危险吗？"

"出过啊！因为常打架被人用刀扎过。还有人自杀呢。"

"那些毒品，大家都是怎么弄到手的？"

"到监狱外干活的时候，藏在屁眼里偷偷带进来的呗！手机也能带，什么东西都能带。"

"一间牢房住几个人？"

"一般是四个，有时候塞进来六个。"

"如果和混蛋住在一起，够麻烦的吧？"

"那号人总是无事生非。"

海克塔在2004年被送回墨西哥后，转身偷渡回到了美国。他至今还记得当时边境管理松懈的情形。入境口岸的职员只是看了看车内情况，对他连问都没问。结果他顺利进了美国，并且以非法移民的身份开始在建筑工地打工，当了泥瓦匠。

"时薪是31.65美元，收入还不错。"

然而在这个时候，生活上一向精打细算的海克塔却因小失大。事情出自一起轻微的剐蹭事故，只是把对方的挡泥板撞瘪而已。结果警察来了，海克塔领到了一张罚单，可他却迟迟没有缴纳罚款。日后警察发现他有未缴罚款，便把他传唤到警察署。于是，以前被驱逐出境的前科彻底暴露。不容分说，他再次被赶回了墨西哥。

不同的是，第一次被驱逐出境时海克塔是独身一人，没有负担，而再遭遣返时他已经娶妻生子，这让他备受打击。家庭、房子、工作、信用卡等全部撇下，等于"净身出户"，这让海克塔悔恨交加。他决定不再盲目偷渡，留在蒂华纳摸索合法返回美国的门路。

"说实在的，我在生自己的气。因为该办的事情没办，结果把女儿丢在了单身母亲的家庭里。但是，第二次遭殃后我决定留在这里打拼，为了回家，我要在这边坚持斗争。"

就这样，在蒂华纳落脚的海克塔开始到处寻找遭遇相同的弟兄。为了重返美国，他们必须设法撤销以前的犯罪记录。经过一番可行性分析，他们认为最有可能的办法是争取得到政治家的特赦。为了达到这个目的，他必须把遭遇相同的退伍军人团结起来，把自身的处境宣传到美国。

在这个过程中，他遇到了乔昆和阿勒汗德罗。他把这些退伍军人逐个找了出来。当然，他从2010年开始寻找，并非一夜之间就形成了现有的规模。首先让自己的生活有个着落，其次是为流落在蒂华纳街头的老兵提供住处，一切从这里起步。

"最初，我把他们领到自己的公寓里。后来，援助的范围渐渐扩大了。"

投奔"邦卡"的人各有各的背景。有人无家可归，有人患有PTSD，有人嗜毒成瘾……援助的关键是必须为他们提供临时安身之处。不能安居，就无法帮助他们找工作。

墨西哥蒂华纳的慈善组织"邦卡"建造的临时宿舍，接待被驱逐出境的老兵

线上婚礼

在美国的其他地方也有开展这类活动的团体。

例如在美国中西部的堪萨斯城，有一个为无家可归的退伍军人提供住所的援助项目正在推进，名为"退伍军人社区活动站"。他们专门为退伍军人建造一批与他们服役期间住过的军营类似的简易房，原则规定为临时居住，无偿借用。目前建好的13间房里住着13户人家，据说全部完成后可接待50户。

这个项目启动的初衷也是为了安居，帮助这些退伍军人迈出第一步，即摆脱无家可归的困境。

"这里的房子我也住过，生活必需品都有，挺舒服的。建这些房子的目的，就是为了让那些流落街头的退伍军人学会怎么独立生活，所以房子不必盖得那么大。"这个组织的创始人布莱恩·梅亚是这么认为的。他本人也是退伍军人。

海克塔在蒂华纳的做法也是让退伍军人们暂时先住在自己的家里，然后帮助他们寻找合适的住处。安居的同时，海克塔重视的是给他们立规矩，效仿军队作风，详细规定了起床和淋浴时间等。正如边境自卫团的蒂姆·弗里说过的那样，退伍军人习惯遵守军纪。在部队里每天服从上级指挥，退伍后被抛弃在社会上，他们便茫然不知所措了。

"当时，我想把一切都搞成军队化。那么做也确实减少了不少麻烦。"

于是，海克塔在2013年成立的"邦卡"不仅为退伍军人提供住宿，而且还借给他们电话和电脑，帮助他们安家，指导他们办理美国的退休年金和社保手续，介绍美国方面的律师等。随着服务范围的逐步扩大，这里简直成了一个无所不能的社会服务中心。

"在这里住过的大约有30人吧。来这里寻求救助的退伍军人累计起来有100人左右。我们这里保存了400人的信息数据，大部分是墨西哥人，也有来自多米尼加、菲律宾的。我估计受到驱逐出境处罚的退伍军人有上千人，我不知道确切的数字。"

最近，他们又添了一项服务——照顾被驱逐出境者的母亲。

尽管奥巴马政府实施《入境儿童暂缓遣返计划》（DACA），善待非法移民的宽松政策给人留下了不错的印象，但在实际操作中，驱逐非法移民案例的明显增加也始于奥巴马执政时期。在被驱逐的非法移民中，父母被驱逐出境后与孩子分开生活的情况也不在少数。

协助"邦卡"工作的尤朗达·巴罗娜·帕拉希奥斯，就是一位受到驱逐出境处罚后被迫与孩子分手的母亲。尤朗达是1994年从墨西哥格雷罗州的穷乡僻壤移居到美国的，偷渡的动机是为了让年幼的孩子过上幸福生活。但是，她所持的是旅游签证，对于这类签证的持有人，政府有明文规定，禁止在美就业。可她和正常人一样上班，签证到期后顺势留在美国继续生活。据说在美国生活的非法移民里有许多人都属于旅游签证到期后滞留不归者。

结果到了2010年，当局发现了尤朗达的非法滞留行为，将她驱逐出境。她的第一个孩子是男孩，当时23岁，已经长大成人。小女儿不到16岁，把他们带回墨西哥肯定不行。只能让两个孩子留在美国，各过各的，勉强维持自己的生活。听说女儿因为生活拮据已经退学了。

"八年了，我只能在网上与女儿视频聊天。儿子的结婚典礼也是网上的视频直播，感谢互联网提供的各种沟通方式，可我还是想亲眼看看他们，与他们促膝交谈。"

后来，尤朗达听说了海克塔的活动便开始声援"邦卡"，并且成立了名叫"DREAMers Moms USA"的团体，直接帮助那些与自己遭遇相同的母亲们。目前这个团体还在坚持活动，积极寻找重回美国的合法途径。

"在美国有一种签证（U-Visa）专门签发给犯罪案件中的受害人。

我在美国时遭到过前男友的家暴，所以，我也申请了这种签证，目前正在等待结果。"

对那些利用旅游签证非法滞留美国的人做出驱逐出境的处罚，人们认为是理所当然的。但是如果换位思考，这部分移民因为受到贫困、暴力、毒品等问题的威胁，不得不来到美国寻求生存机会，他们的这种处境是值得同情的。从长远的眼光来看，中美洲的经济发展和收入水平的提高，有可能成为解决这类问题的一个办法。但是，世界均衡发展的先例似乎并不存在，地球这颗行星到底有没有承载全世界共同发展的度量，尚不明朗。

特朗普政府上台以来，在蒂华纳、诺加莱斯、马塔莫罗斯等诸多边境城市，可以看到许多被收容的中南美洲移民，这个问题不是仅靠美国的移民政策所能解决的。我曾有幸走访过墨西哥、巴西、委内瑞拉、古巴等中南美各国，让我感触颇深的是，那里的人的人生命运，已经基本上被自己出生的国家和地区锁定。当时我每天都在为生活在那里的人们感到不公，同时也为自己生在日本感到幸运。

随着海克塔和"邦卡"的影响越来越大，赞成海克塔活动的人们也渐渐多了起来。

采访当天，偶尔碰到了一位矮胖的男人，自称为家住芝加哥的律师。当时他正在这里核对一份用西班牙语和葡萄牙语起草的跨国企业并购合同。他经常牺牲自己的休息时间协助"邦卡"工作，利用自己在芝加哥司法界的地位到处宣传，动员政界人士支持"邦卡"的活动。

听了这位律师的介绍，我们才知道他也是一名退伍军人。

谁都不是天使

他的名字叫达尼埃尔·佩雷斯，以前是芝加哥警官，趁着2001年"9·11"恐怖事件的机会报名参军。当他得知需要等待一段时间才能正式入伍，便决定利用这个空当去法律学院学习。后来，他办理了休学手续，投笔从戎。成为一名美国大兵后，2004年到2006年驻扎在伊拉克，2010年-2011年在阿富汗服役。

"'9·11'事件发生后，立志参军的年轻人太多了，我也是其中一个。在美军服役期间，军方甚至鼓励我们这些外籍军人加入美国籍，所以我才知道，在美军里竟然还有许多外籍士兵。"

因此，达尼埃尔特别关注那些最后被驱逐出境的退伍老兵。他认为，他们本来应当享受到与其服役职务相应的医疗等国家政策。但是，由于他们被驱逐出境了，不能继续得到这份只有退伍军人才能享受到的福利，这才是问题的关键。

"军人们自告奋勇，肩负起别人不干的工作。所以，设法动员社会力量对军人多一份关爱，这件事情非常重要。"

达尼埃尔支持"邦卡"的原因之一是他本人也是一个PTSD患者。

结束了2004年到2006年在伊拉克的服役期，他离开了部队，回过头来继续攻读法律。当年的同窗好友都已经毕业当上了律师，开始积累自己的业绩，学校里见不到一个退伍军人，战场留下的PTSD仍然让他痛苦不堪。结果，醉生梦死的达尼埃尔·佩雷斯从法律学院退学。再后来，这位有心人又重返校园完成学业，终于成为一名律师。

在伊拉克，达尼埃尔被分配到第442旅野战团第100步兵连。第二次世界大战期间，这支由日裔美国人组成的部队威名远扬，因作战果敢勇

从军后在阿富汗患上 PTSD 症的达尼埃尔·佩雷斯

猛获得的勋章最多。他的任务是与战友一起搜索恐怖分子。搜索中有不少战友牺牲，他负责查验尸体通知遗属。结果，正是这个任务，把退伍后的达尼埃尔害得好苦。

"我现在还戴着这副手镯，这是弗朗克·提阿义中士留下的。"

"他是个来自萨摩亚的小伙子，派遣到伊拉克的前一天拿到了美国国籍。休假前，他在伊拉克执行最后一次任务时用无线电台对我说：'三个星期后再见吧，完成了这个任务我就可以回家喽！'就在他说完这句话的五分钟后，一枚炸弹炸飞了他的双腿，当场阵亡，最终也没有能够以美国人的身份回到美国。"

"您也很可惜。为什么患有 PTSD 的人非要酗酒或者吸毒呢？"

"抹不掉记忆！喝几杯啤酒就想起那些弟兄们，想起那些伤心的场面，想起失去双腿后他那副绝望的样子，想起他活着的时候跟我通话的最后那个瞬间……这些一晃而过的画面越喝越清楚，越清楚越想喝，结果每天都离不开酒了。"

"现在还服药吗？"

"还在吃。为了控制郁闷、不安、失眠。我们都开玩笑把这种药叫作鸡尾酒，因为患有 PTSD 的退伍军人喝的是一种药，如果政府能够免费送药就太好了，可也去不了病根儿。"

"用过镇痛剂吗？"

"有时候用，有时候觉得自己吃的药不管用了，就把手伸向了鸦片。那些坏家伙主动把鸦片和海洛因递给我：'试试这个怎么样？'有人一时糊涂，好了伤疤忘了疼，结果上瘾了。"

"尽管有 PTSD 作怪，可您还是从法律学院毕业了，当了律师。您认为您和那些仍然陷在 PTSD 里不能自拔的人之间，差别是什么？"

"我认为是周围的鼓励。虽然我已经是40岁的人了，但是还和父母一起生活。在我身患 PTSD 之前，父母就了解我的脾气秉性，清楚我的每一点变化。有时候我不想去看精神科医生，这时候，父亲就硬逼着我去，而且亲自带我去。一来二去，我感觉轻松多了。"

"您的父亲是？"

"我父亲是1970年来到美国的非法移民。原来是墨西哥的农民，总想过上好日子，18岁那年就来到了美国。后来和美国出生的母亲结了婚，有了我。

"我父亲不会说英语，看书写字都不行。西班牙语也不会。反正读书写字的事儿一律不行。可是他非常能干，就知道埋头苦干，现在干出了百万家底。我得了 PTSD 后复员回家，父亲嘱咐我，千万不能破罐子破摔。

"说起我的工作，当警察也好，当兵也好，现在又干起了法律工作，都是在帮助那些无法自救的人。我希望自己经常发挥作用，对别人有所帮助。"

"再问一句，您是如何看待海克塔的？"

"任何人都不是天使，好人里也有人犯罪。但是，如果认为他们都是戴罪之人，那我们自己也出了问题。他们是为美军工作的美国人，所以，不该把他们驱逐到其他国家。把有问题的人一推了之，我不认为这种做法有什么可取之处。"

对于海克塔开展的活动也有人持批评态度，认为他们毕竟是罪犯，外国人犯了法，驱逐出境是理所当然的。但是，正如达尼埃尔说的，他们是一群曾为美国献出青春，为美国服务的人，何况他们正在为自己赎罪。那种认为驱逐出境的处罚过重的声音，我也能够理解。围绕非法移民的争论也是一样，将美国分为两大阵营并且标出谁黑谁白，没那么容易。

现在，这些人中有些人的境遇正在改善。2018年4月，海克塔获得了加利福尼亚州州长的特赦，犯罪记录被撤销，并且获得了美国国籍。用他的话来说，这是一个极为罕见的个案，是用自己六年的军龄获取的特赦。海克塔的成果也许在告诉世人，每一个退伍军人，包括被驱赶到国外的退伍老兵，从来没有感受到来自任何方面的温暖。而他，经过长期奋斗终于迎来了最后的胜利。

被美国驱逐出境的退伍军人能否获得特赦，取决于本人的从军经历和犯罪前科，海克塔的先例给他的这些弟兄们带来了希望。

"我的短期目标是在美国考取汽车驾照；长期目标是在许多国家建立'邦卡'，不仅在墨西哥。目前已经在多米尼加建了一个，还打算在牙买加建一个，我想把更多的人护送回家。"

说到这里，海克塔开始整理行装，准备回到阔别已久的美国，与家人见面。把美国和墨西哥之间分开的隔离区有一米宽。可是，对于没有居住资格的外国人来说，短短的一米却是无限遥远。海克塔已经站在隔离区的前面无须折返，而那些想到美国寻找机会的外国人，至今还在前往边境的路上。

边境自卫团里的退伍老兵

墨西哥蒂华纳边境的隔离墙上写满被美国驱逐出境的老兵姓名

第九章

关税VS 全球制造业

与美国争夺就业岗位的“影子公司”

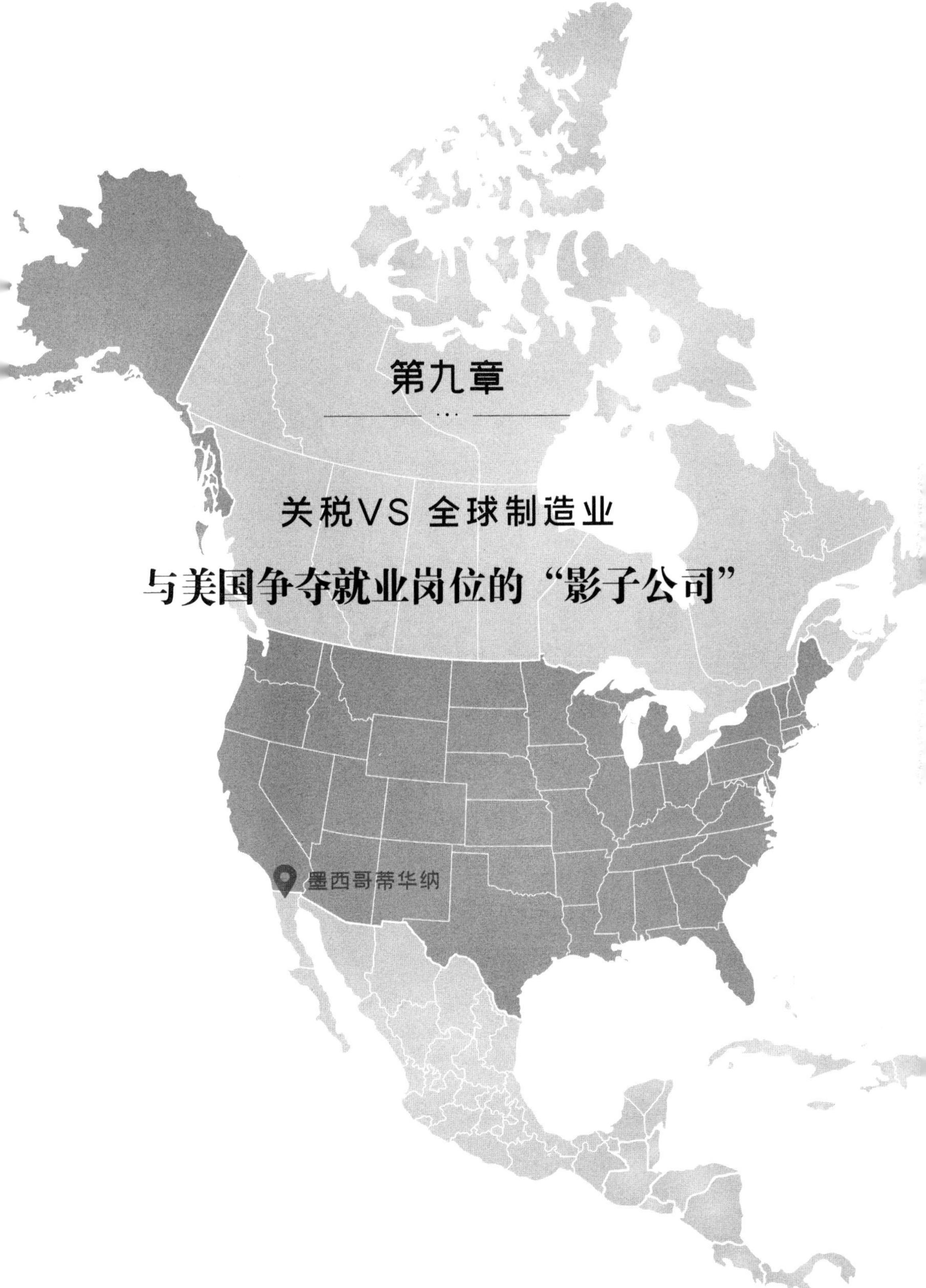

呼吁就业岗位回归美国的特朗普政府，实际上正在挥舞关税的大棒，重新策划签订新的有利于本国的双边贸易协议。

　　但是，以低关税为基础的全球贸易网，如同小河流水，即使有地方阻塞，溢出的水也会流向其他地方。

　　在瞄准美国市场的这条复杂的供应链上，与美国比邻的边境城市蒂华纳正在发挥衔接功能。

保护企业免受关税影响的"影子公司"

正如本书反复提到的那样，美国国内的非法移民数量2007年达到高峰后出现减少趋势，尤其是墨西哥人所占的人数越来越少，而返回国内的非法移民则有不断增多的迹象。

这里面肯定存在金融危机导致就业岗位减少的因素，而墨西哥人没有必要再去冒险越境谋生也是其中的一个重要原因。现在在墨西哥国内也可以得到一份比较满意的工作，人们的生活已经达到了没有必要偷渡美国的水平。

在蒂华纳，被人们称之为"影子公司"（Shelter）的服务型企业正在迅速发展。所谓"影子公司"，指的是服务型企业，为希望在墨西哥办厂的企业提供工厂用地、招募员工、管理纳税和账务、代办供应商付款手续和通关手续、安排运输车辆等服务，事无巨细地帮助他们熟悉和适应当地政策法规及社会习俗等。

墨西哥正在实行出口加工保税制度，简称为"IMMEX"。通过该制度认证的企业，可以免除原材料和零部件的进口关税及附加值税。但是，IMMEX要求使用进口原材料和零部件生产的终端产品或半成品必须全部出口，原材料的去向、用途、制造完成的产品用于何处等，需要接受严格的监管。再者，企业必须遵守当地有关环境保护和劳动保护的规定，熟知各项规章制度和当地社会的风俗习惯。

希望进驻墨西哥享受IMMEX的优惠政策，但又不知如何操作——对于这些外资企业来说，服务型企业则是一种名副其实的"影子公司"。

总部设在圣迭戈郊区的塔克纳企业服务公司（TACNA Services，以下简称"塔克纳公司"）成立于1983年，是蒂华纳最大的"影子公司"，目前在蒂华纳郊区拥有6000多名员工。2003年开始担任首席执行官的罗斯·波尔多维恩，在获得经营许可后一直干到现在。分别设立在蒂华纳以及下加利福尼亚半岛上的特卡特、墨西卡利等五个网点，为外资企业招募员工。一线工人的管理权限属于外资企业而不在塔克纳公司。

由塔克纳公司提供服务的企业，其产品范围颇广，包括从高科技产品到低端的日常用品，如用于粉墙的滚子、霰弹式猎枪、保洁室里的收纳箱、飞机整流调节阀等。身为"影子公司"的塔克纳公司不仅为这些企业客户提供服务，其本身也拥有经过IMMEX认证的工厂，可以承揽各种生产业务，其终端产品和半成品与外资企业一样全部出口。

IMMEX本身是一种既老又新的制度，以前的名称是"保税加工"，是1965年为促进墨西哥北部地区招商引资而制定的，后因《北美自由贸易协定》的签订，原有的"保税加工"机制发生了变化，如今已经变为需要严格认证的IMMEX。但是，在原材料和零部件进口免除关税和附加值税这一点上始终未变，或许可以看成是一种有效利用墨西哥廉价劳力的政策机制。

如同本书第二章"蒂华纳：'地下交易'泛滥的城市"里陈述的那样，在贫困、偷渡和贩毒等暗流涌动的蒂华纳，必然存在边境城市的阴暗面。但是，倘若从商业活动的角度来看，蒂华纳还是别有一番风韵的。

这便是作为北部边境工业重镇重返人们视线的蒂华纳！

为了深入了解这个城市工业发展的面貌，进一步看清特朗普政府布局的贸易战真相，2018年9月的一天，我们走访了总部位于美国一侧的塔克纳企业服务公司。

公司的首席执行官波尔多维恩站在办公楼前的停车场上，看着一辆破损的房车被遗弃在那里，一脸困惑："昨天还没有呢……怎么会有这种不负责的人！"

内部管理混乱，居然不知道这辆车是怎么弄到这里来的。

采访活动就这么开始了。在办公室里听波尔多维恩简单介绍了塔克纳企业服务公司的经营情况，然后坐着他的车前往奥泰·墨莎口岸，参观蒂华纳工厂。汽车从蒂华纳市中心向东行驶了五六千米，这里是蒂华纳的另一处口岸。

墨西哥的口岸有许多不解之谜。连接蒂华纳与美国的圣·伊西多罗的口岸设有边卡，而在诺加莱斯、华雷斯、布朗斯维尔等地的口岸却没有，可以直接从旋转门钻过去。另外，有的口岸像布朗斯维尔口岸一样缴纳过境费便可入境，有的口岸只是一条通道，奥泰·墨莎口岸也几乎没有正规的边检措施。

汽车在蒂华纳市行驶20分钟，来到塔克纳公司下属的工厂。工厂门口有一顶临时搭建的帐篷，问了问里面的一位女工，她说这里是招工咨询和登记的接待站。蒂华纳的失业率比美国低两个百分点。为了替客户招募工人，她们甚至走上街头游说过往行人。不到十分钟，帐篷前来了三个人听取招工说明。

崛起的中产阶级

这个工厂的产品从橡胶管到电子零件，种类繁多。

橡胶管供应给美国的造船厂，在原材料里混入各种颜色压成薄片，然后定型，加工成橡胶管。在另外一条生产线上，工人们有的缠线圈，有的焊接，生产天线、变压器、游戏机手柄、车窗开关的马达等。这里不是大批量生产，而是以生产特殊客户订制的产品为主。

在"影子公司"里做工的墨西哥人

"这几年平均下来，每年增加5家客商。"波尔多维恩介绍说。

10年前有14家客商，截止到2018年9月增加到了33家，员工也从1100人发展到6000多人，这组数字反映了客商们正在积极行动，以便满足经济全面复苏的美国不断增长的需求。

例如，生产唇膏和指甲贴的中国台湾美容用品厂选择蒂华纳作为增产基地，车间工人从80人迅速增加到415人。向美国国内零售网点批发插花的是塔克纳公司提供服务的另一家公司，他们从美国进口鲜花在蒂华纳拆分装箱后再返销到边境的那一边。

更有甚者，一家为衬衫嵌入名字和商标提供服务的欧洲企业将印制工序交给了蒂华纳。当地工人先把名字和商标印在布料上，然后剪裁、缝制，装箱后直接发给美国客户。据说包括通关在内，他们仅用三天时间就能把成品送到美国客户的手里。批量小而又费工，短短的三天内全部完成？！这个例子足以证明蒂华纳从头到尾充分发挥了紧邻边境的优势。

"如果委托我们公司代理，我保证不出三个月就能让一座工厂建成投产。"波尔多维恩拍着胸脯说。

把原材料运到墨西哥，加工组装后运回美国，整个过程听起来似乎不难，而在其背后支撑他们的一整套管理机制却相当复杂。

例如一家已经通过 IMMEX 项目认证的美国企业，从中国进口一批零件后开始组织生产，其产品从蒂华纳出口到美国。来自中国的零部件通常在洛杉矶的长滩港靠岸。如果在这里直接卸船，必须按照美国规定缴纳关税。因此，这批货物必须原封不动，作为外国货物即所谓"临时进口的保税状态"（Inbond）直接送往蒂华纳。

另一方面，由于运到蒂华纳工厂的这批零部件必须作为产品全部出口，于是便有了企业向两国海关提交的报关材料与实际出口货物是否吻合的验关手续。在此之前，报关员还必须掌握庞杂的关税代码，摸清情况，比如在蒂华纳生产的这类产品能否享受免缴关税的待遇，从哪条渠道进口最合适等。

"每个月处理的报关项目太多，谁也不能当场答复。如果让企业自己办理进出口手续，他们需要一边向海关咨询，一边逐项作出判断。"30多年来一直为塔克纳公司代理通关业务的国际自动化企业经纪公司首席执行官莱切尔·格丁说。

崛起的"影子公司"和"美国工厂"让蒂华纳恢复了生机。对于科技人员和业务经理等受过专业教育的人们，尤其是大学毕业的年轻人来说，可供他们选择的理想职业越来越多，中产阶级的队伍不断壮大。

弗朗西斯科·希恩斯亚斯是工商管理专业的大学毕业生，目前在塔克纳公司里负责研究政策法规，听取客户诉求，对照墨西哥和下加利福尼亚州的相关规定与客商协调，提出解决方案。他认为，在严格的环境保护和劳动保护制度下，建设现代化企业对于墨西哥来说尤为重要。

"我认为这家公司积极参与社会的理念值得赞扬。"

从事塑料制品加工的克拉夫特工业公司，是塔克纳公司提供服务的企业客户之一，担任仓库保管员的露丝·玛利亚利用工作之余到蒂华纳的大学深造。她在美国上过高中，能说一口流利的英语："我们这代人都开始上大学了，因为没有大学学历找不到好工作。"

已经成为波尔多维恩左膀右臂的奥西·迪亚斯是在蒂华纳高速发展中锻炼成才的。他在墨西哥的诺加莱斯保税工厂当过车间管理员，十年前遇到了波尔多维恩，被选聘到塔克纳公司。如今他穿一身价格不菲的西装，戴着高档手表，每天往来于蒂华纳和圣迭戈之间。

"难得的是我领到的工资全是美元。"

靠文凭吃饭在任何社会都是一样的。与生活在蒂华纳阴暗角落里的纳乔和玛利亚相比，这里完全是另一片天地。

东山再起的"美国工厂"

普通工人的地位虽然不如精英人士，却也在密集型劳动市场中得到了实惠。

"工资每年都涨。"

在生产线上制作接线板和电源线的阿尔曼德已经在塔克纳公司工作了16个年头。他说，辛勤的劳动让他最近买了一套房子。上班时间是早晨6点到下午4点，虽然每天很早起床，但是给他带来的好处是下班时间也早。

"上下班有公司的班车接送，还可以根据自己的情况安排工作时间，所以我对这个企业还是挺满意的。再说了，像我这个年纪的人，恐怕没地方要了。"

在他旁边干活的米格尔是个光头，腿上的刺青十分扎眼，会讲英语，我与他攀谈了几句，果然是个被驱逐出境的非法移民。他和父母一起去到美国，在美国读完高中，后因贩毒被驱逐出境。米格尔的经历与"邦卡"里那些退伍老兵十分相似。

"家属呢？"

"已经分手的妻子和孩子都在美国。"

"为什么到了蒂华纳？"

"贩毒。"

"有没有产生过偷渡美国的念头？"

"当然有了，我还试过呢！"

"蒂华纳的治安怎么样？"

"不太好！咱好歹也在美国住过，分得出好坏。"

"警察以为我是毒贩子，两三个月前，闯到我家里，抄走了不少东西，也没见他们出示搜查证什么的。蒂华纳这个地方什么人都有。"

"一个星期挣多少钱？"

"135美元吧。单身汉一枚，够花的了。就盼着早点有一间属于自己的房子。"

蒂华纳曾经实行过"保税加工"制度，当时生产的电视机很有名气，美国零售店里摆的电视机有许多是在蒂华纳组装的。然而，2001年12月中国加入世界贸易组织以后，沃尔玛货架上的电视机仿佛在一夜之间全都变成了中国制造的。

波尔多维恩开始介入塔克纳企业服务公司的经营管理，恰好也是在那个时候。在这之前的22年里，他一直在安达信咨询公司担任顾问。然而，2001年发生的"安然财务舞弊事件"致使负责审计的安达信解散，与该公司合作的波尔多维恩也受到了冲击。

"我本人与'安然事件'没有任何瓜葛。但我所在的公司彻底破产了。"

2002年6月，收拾完残局的波尔多维恩亲手关闭了安达信在圣迭戈的办事处。当时他信誓旦旦，一定要有一个自己独立经营的企业，不再搞什么联合经营。就在他开始物色自己希望经营的公司时，遇到了塔克纳企业服务公司的创始人。

"先获得50%的股份，三年后买下所有的股权。"

打定了主意后，他准备再度出山。由于中国的人工费出现上涨势头，他再次把目光投向了蒂华纳。

当时的制造业按美元和小时计酬，2005年中国的时薪为0.73美元，不及墨西哥的1/3。其后墨西哥的工资始终处于徘徊状态，未见上涨。与其相反，中国的工资水平一路上扬，2012年反超墨西哥。其间，墨西哥的工资虽然也略有上涨，但是因为比索贬值，与上涨部分相抵，按美元结算的工资依然在徘徊之中。

在这个过程中，将劳动密集型的加工项目转移到墨西哥的外资企业开始增加。而且一反过去单一的电子产品，从黏合剂到飞机零件等，来料加工的路越走越宽。

全球化迷宫

波尔多维恩来到蒂华纳的时候，为外企提供服务的"影子公司"正在加速发展。其原因之一是美国的经济复苏一帆风顺，更重要的是美国的最低工资标准在不断提高。

在美国的一部分州里，最低工资的上涨速度明显加快。尤其是加利福尼亚州，打算在2022年以前将目前每小时的10美元提高到15美元，这个涨幅对美国各州产生了巨大影响。

假如将加利福尼亚州制造业的用工成本设定为每小时16美元，那么，根据塔克纳公司掌握的资料计算，如果雇用100人，每年的劳动成本为332万美元。相比之下，蒂华纳的劳动成本每小时仅为4.5美元，同样换算为全年劳动成本则为112万美元，等于全年节约200万美元以上。再考虑到 IMMEX 免除关税和附加值税的因素，成本削减后产生的效益更为可观。投靠"影子公司"的企业之所以有增无减，其原因就在这里。

"前不久，我与旧金山港区五家公司的老板对话，发现有许多企业正在考虑入驻蒂华纳。"

为了避免劳动成本上升，露丝·玛利亚所在的克拉夫特工业公司也来到了蒂华纳。在美国经济增长的形势下，总部设在洛杉矶郊区安那翰的克拉夫特工业公司收到的订单不断增加，正在研究进一步扩大生产规模的具体措施。但是，洛杉矶当地最低工资的上涨趋势确定无疑，因此，他们决定趁着塔克纳公司主动招商的机会，将增产基地设在蒂华纳。

塔克纳企业服务公司首席执行官罗斯·波尔多维恩

"我们公司的业务量在大幅度增加，蒂华纳的 IMMEX 也在迅速延伸。"克拉夫特工业公司蒂华纳工厂的总经理库拉乌迪亚·巴吉恩说道。

塔克纳公司早已步入正轨，但在2017年也曾出现过波动，源头是特朗普政府开启针对《北美自由贸易协定》的重新谈判。

特朗普政府高度重视美国贸易赤字和就业岗位流失的问题，开始打压重新崛起争当北美汽车工厂的墨西哥，并且暗示要抬高汽车进口关税，迫使墨西哥回到《北美自由贸易协定》的重新谈判中。在谈判过程中，美国表示随时可能退出《北美自由贸易协定》。2018年9月底，北美三国终于在"美国·墨西哥·加拿大协定"（USMCA）上达成妥协。

新协定写入了规定主要零部件在区域内生产的条款。根据此前的《北美自由贸易协定》，只要在当地采购的零部件按金额计算达到62.5%以上，即可被认定为区域内生产车。但按照新协定，这一比例提高至75%，同时追加了"工资条款"，要求汽车生产的40%以上由时薪不低于16美元的劳动者承担。普通载人汽车的出口数量也限制为每年260万辆。协定新增内容几乎都是针对墨西哥汽车产业的打压。然而，《北美自由贸易协定》一旦崩溃，结局将惨不忍睹。幸亏"美墨加协定"内保留有《北美自由贸易协定》的框架，才让波尔多维恩舒了一口气。

相反，只要《北美自由贸易协定》不垮，美中两国的对立对墨西哥的发展而言将是一次机遇。25%的对华关税一旦落地，中国对美国的出口贸易将无法维系，向美国出口产品的中国企业不得不设法规避关税。假如美国撤销关税，鉴于争夺经济霸权的美中关系现状，贸易战仍然随时有可能再度爆发。对冲的结果之一是蒂华纳的IMMEX项目有可能崭露头角。

"如果美中两国继续对立，蒂华纳的站位就一路看好。"波尔多维恩这么说道。尤其让他期待的是电子商务领域。

美国消费者在网上购买的商品多数为"Made in China"，如果课以关税的话，他们将是首当其冲的受害者。另外，从2018年起，个人携带商品在美国入境时，免税额度的上限为800美元。从理论上说，商品从蒂华纳郊区的恩塞纳达港或洛杉矶的长滩港入境，在墨西哥拆分包装，然后配送到美国消费者手里，如果商品价值不足800美元可以享受免税待遇。

波尔多维恩认为，特朗普政府在今后当然有撕毁 IMMEX 的可能。只不过，特朗普政府目前的对手是中国、是汽车，不会涉及电子商务领域。

再者，墨西哥边境城市的发展，对美国而言并非坏事。

2018年12月，墨西哥新任总统安德烈斯·曼努埃尔·洛佩斯·奥夫多拉尔（AMLO）公开承诺，将北部边境地区的最低工资翻倍。考虑到失业率为2%的因素，今后平均工资的上涨已成定局。为了就业而由南向北流动的墨西哥人势必有增无减。

曾几何时，多少墨西哥人只身越境，偷渡美国。但是，如果在墨西哥国内能够找到一份收入比较满意的工作，那么，他们铤而走险偷渡美国的必要性将大打折扣。

现实当中，这里还出现过另一幅令人不堪回首的画面。

2010年海地发生地震以后，许多海地人为了求生纷纷离开祖国。最初接纳他们的是正在为筹办奥运会而大兴土木的巴西。可是，到了2016年夏季奥运会结束，巴西的建设需求骤减，加之政局混乱，于是，这些海地人便把今后的投奔目标指向了美国，因为当时的奥巴马政府从人道主义立场出发允许这批海地人入境。

不料想，奥巴马政府后来突然变卦，造成大量的海地人滞留在蒂华纳。当时，墨西哥政府为他们签发了工作签证，这批海地人便直接留在蒂华纳打工。

坐在克拉夫特工业公司接待处的特奥多尔就是打算前往美国的移民。他先从巴西的老家飞到秘鲁，又从那里转乘长途汽车和小船来到了蒂华纳。

来到蒂华纳一看，滞留在这里的同胞太多了。他本来也想继续前往美国，见到这种情况便打消了赴美的念头，决定留在蒂华纳打工。于是，他来到克拉夫特工业公司参加面试，正好遇到了我们采访组。

海地人能够留在墨西哥，得益于墨西哥政府出于人道主义立场为他们签发的工作签证。墨西哥也没有完全挡住来自中南美洲的移民，只不过，如果墨西哥国内的就业机会不断增加，投奔美国的人也就相应减少。

特朗普政府的真正敌人

"我最担心的不是特朗普政府如何如何，而是员工的工资上涨。"

正如国际自动化企业经纪公司的莱切尔·格丁坦率指出的这样，蒂华纳的竞争力来自偏低的人工费。工资上涨意味着竞争优势的丧失，直接导致蒂华纳的外资企业成本增加。然而，墨西哥总统同时也主张下调附加值税，工资上涨的部分可以在这里得以化解。波尔多维恩的看法是，工资上涨可以让密集型劳动环境得到缓和，利大于弊。

总之，人们已经看到，在特朗普政府破坏传统秩序的过程中，蒂华纳通过 IMMEX 项目获得了实实在在的好处。特朗普政府关于就业岗位回归美国的主张，仅作为一种主张还是可以理解的。然而水往低处流，就业岗位总是流向人工费偏低的地方，这便是所谓经济规律的万有引力。从经济学的理论来看，旨在不断产生附加值的人才培养，才是解决问题的关键。依靠关税只可抵挡一时，不可抵挡永远。

"特朗普政府的真正敌人是我们哟！"在驶往边境口岸的汽车里，奥西·迪亚斯笑着说。

从他的眉宇间透出了他们誓与侮辱墨西哥人的特朗普斗争到底的决心，以及不管特朗普政府耍什么花招，蒂华纳都将继续发展的坚定信心。他们争取到手的就业岗位，还有回归美国的那一天吗？

第十章

···

美国梦VS 年轻人

梦游者的盛宴

📍 亚利桑那州图森

在亚利桑那州、新墨西哥州和加利福尼亚州的南部边境地带，有一个独立的棒球联赛覆盖了这一带大大小小的城市，这就是"佩克斯职业棒球联赛"。

　　创办于2010年的佩克斯职业棒球联赛虽然年轻，但它硬是靠着接纳在全美职业棒球联赛中落选的年轻人，刷出了自己的存在感。

　　让我们跟随这些拿着微薄的酬金追逐"白球"的年轻人，去看看"美国梦"的现状……

离开光影交错的蒂华纳，动身前往下一个采访地——亚利桑那州的第二大城市图森。为此，我们决定取道美国的圣迭戈。虽然是上午时分，边卡前等待入境的人已经排起一条长龙。我对纽约肯尼迪机场边检的混乱场面早就不以为然，可是这次居然等了10分钟、20分钟，没有向前挪动一步。

从通往口岸的步行道左侧，可以望见水泥加固的蒂华纳河岸。河堤上扎堆的那群人看似"瘾君子"。他们有人点起篝火，有人瘫坐在地。河那边便是蒂华纳最大的夜总会——"香港绅士俱乐部"（Hong Kong Gentlemen's Club），店徽上的"HK"和情人旅馆鲜红的外墙在薄雾中隐约可见。

等待边检的队伍像乌龟似的缓缓前移。有个人摇着自行车铃铛冲破人流挤到了前面。这种明目张胆的"加塞儿"行为连在场的墨西哥人都看不过去了，他们大声吵嚷。维持秩序的工作人员责令他排到队尾，他情不自愿地原路退回，队伍里有人拍手称快。

过了大约两个小时，我总算熬到了边检口。

"为什么来美国？"

"在蒂华纳干了些什么？"

对审查官一连串的问话，我回答道："采访了被驱逐出境的退伍军人。"

对方的脸上露出不可思议的表情。恐怕有一大半的美国人都不知道世上还有这么一类人。就这样，采访组迂回到美国，在圣迭戈租赁了一辆汽车，沿着8号州际高速公路，横穿索诺拉沙漠，直奔亚利桑那州的图森市。

佩克斯联赛里的日本人

从加利福尼亚州、亚利桑那州到墨西哥的加利福尼亚湾的这片沙漠，名叫索诺拉。沙漠在日本人的印象里应该是遍地黄沙，比如撒哈拉大沙漠和日本鸟取县的沙丘，而索诺拉沙漠属于乱石遍地的多岩块沙漠。穿着马靴踩上去，脚底发出"咯吱咯吱"的响声。这里不仅天气炎热，而且太阳的暴晒几乎让全身的水分在转眼之间蒸发殆尽。

荒凉的沙漠上分布着成片的红褐色岩石、砂砾和灌木丛，还有无处不生的仙人掌和窸窸窣窣的响尾蛇……这正是人们想象中的亚利桑那。图森市位于沙漠的东部，人口50余万。夏季气温虽然不如州府菲尼克斯高，但40摄氏度以上的高温天气并不罕见。多亏那座洁白的、人称"沙漠白鸽"的圣泽维尔教堂，让这座城市小有名气。盛夏时节，来到这里的游客也没有什么可玩之处。我之所以不顾一切来到图森，目的是采访这里的佩克斯职业棒球联赛。这是一个将亚利桑那、新墨西哥、得克萨斯、加利福尼亚等美国南部的边境小城串联起来的边境独立联赛。

创办于2010年的佩克斯职业棒球联赛还很年轻，运作顺利。当年靠6支球队起家，如今已经扩大到12支球队。一般说来，独立联赛因为经费紧张而往往自生自灭。美国职业棒球大联盟（MLB）是美国棒球界的龙头老大，身处底层的佩克斯职业棒球联赛并没有加盟，自食其力，自娱自乐。每年5月中旬到8月上旬，为期三个月的棒球赛季，来自全美的年轻人在这里追逐白球的梦想。

"佩克斯这个名字取自流经新墨西哥和得克萨斯西部的佩克斯河。边境联赛覆盖了整个佩克斯河流域。"

向我介绍联赛情况的安德留·丹，既是联赛的创始人，又是总代表。他说，最近这里新添了科罗拉多和堪萨斯两支球队。包括已有的球队在内，参加佩克斯联赛的球队，都来自美国和墨西哥边境附近的亚利桑那和新墨西哥的城市，所以，如果拍一部名为"边陲联赛"的影视作品，这里应该是实至名归的外景地。

我之所以下定决心采访边境地区独立的棒球联赛，主要是因为它从侧面体现了美国精神。这里的棒球彰显了传统而美好的社会文明，展示了生活在棒球世界底层的那些追梦青年的精神面貌，让人们进一步反思现实生活中的"美国梦"。

于是，在联赛冠军争夺战白热化的2017年7月底，我采访了大本营设在图森市的萨瓦罗队。听说这支球队里有联赛唯一的一名日本球员，所以我开始关注这支球队。安德留·丹介绍说，这个日本青年是内场手，毕业于东京某所大学。

我看到过他在邮件里留名——"Richard Niicomekama"。乍一看，我以为他的父亲或母亲是日本人，可我从来没听说过日本人里有姓

"Niicomekama"的。经过反复核实之后，果然不知是哪儿出的错，他的真正姓名是西川季一郎（Kiichiro Nishikawa）。

然而，查看萨瓦罗队的球员名单，却没有发现与他类似的名字。我一时犯晕，便与自称为经纪人的比尔·摩尔取得了联系，约定在比赛开始前的下午4时在练习场与西川见面。可我准时来到练习场一看，这里却空无一人。再次与摩尔核实，他这才告诉我练球活动临时改在了赛场。

我一边叹服美国人的大大咧咧，一边飞车赶往图森市内的樱花体育场。身着队服的摩尔原来是一位年过七旬的老人，也不是球员的经纪人，而是这支球队的教练。我顺着摩尔手指的方向看去，有个日本人正在外场草坪上练球，他就是西川季一郎。

身材均匀的西川在美国人面前显得矮小。他在场上的位置是二垒手，目前还不是正式球员，6月以后将正式入列。其他球员早就练完了，球场上只剩下他一个人还在反复确认接球动作。认真态度以及配合其他球员来回跑动的姿势，给我留下深刻印象。

西川正在听候球队的裁决，佩克斯对球员年龄的限制原则上不超过25岁，大部分球员刚出大学的校门，多为22岁到24岁的小伙子。在他们中间的西川28岁，属于资深队员的类别——看来我事先得到的年龄信息也有误。如果在普通的工作岗位上，西川应该正是年富力强的好时候，可他为什么出现在这儿呢？我估计在他的内心世界里仍然有一团未能燃尽的美国梦。

板凳队员的"职业梦"

西川开始打棒球是上小学三年级的时候。凡是喜欢打棒球的孩子做梦都想成为职业棒球选手,西川也不例外。他所在的少年棒球队在他上小学六年级的时候已经是一支有资格参加全国青少年比赛的强队,可他始终是替补球员。在取得全国比赛的参赛资格后,他甚至连"板凳队员"都没有当上。现在回想起来,从那个时候起,他便开始了长期作为替补球员的棒球生涯。

后来,西川考进了棒球名校——帝京中学,升入高中时入选校队。但是,只有少数球技出众战绩突出的球员,才有资格加入学校的硬式棒球队,更何况这支球队刚参加完2018年9月的第26届甲子园高中联赛,傲慢无比,目中无人。无情落选的西川决定留在软式棒球队里继续打球。顺便说一句,在帝京中学与他同班的中村晃,后来进入了日本的"软银队"(Soft Bank)。西川虽然去了大名鼎鼎的甲子园高中棒球联赛,却只是给硬式棒球队当了一回啦啦队员。

西川悔恨交集,准备报考"东都劲旅"所属的亚细亚大学,决心在大学里为棒球再搏一回。经过两年的复读,他终于考进了亚细亚大学,可还是因为球技和成绩没有过关而被学校的硬式棒球队拒之门外,最后进了准硬式棒球队。失去了考大学的意义,西川决定挑战自己的另一个理想——出国留学。于是,他果断退学,远走高飞。

在佩克斯联赛里成为职业球员的西川季一郎

"我早就想到外国试一把。以前走了不少弯路，早已经丢掉了普通的思维方式，现在就更没有循规蹈矩的必要了。"

随后，西川远渡加拿大，就读于渥太华的语言学校，从当地的专科学校毕业后移居温尼伯格，在全球久负盛名的加拿大鹅绒（Canada Goose）制衣厂当缝纫工。其间，在当地的一家俱乐部坚持练习棒球。

从他的个人经历里也可以看出，他没有当过硬式棒球队的正式球员，说句不客气的话，水平也只是略高于草根球队。球技与他不相上下的棒球爱好者在日本比比皆是。然而他令人生畏的地方在于，即便沦落到加拿大街头的俱乐部里打球，也从没放弃职业球员的梦想。

西川在加拿大偶然看到了一则新闻，佩克斯联盟将于2017年11月在得克萨斯州休斯敦举办预选赛。

得知这个消息后，西川当即决定前往休斯敦。他在预选赛中的表现受到好评，获得了参加春季集训的资格。其后，他以见习球员的身份随队活动，待球队扩编后转为正式球员，号码为51号，与美国职业棒球大联盟西雅图水手队大名鼎鼎的日本球员铃木一郎同号。虽说是边境独立联赛的一名替补队员，但他毕竟当上了名正言顺的职业棒球选手。

"客观地说，我一直觉得自己做职业球员挺勉强的。当年我发誓要当一个职业选手，为此还受到了不少的讥讽打击，可我决心尽自己的最大努力坚持到底。实际上，到现在仍在坚持打球的也只有我了吧！"

互相介绍之后，我坐在樱花体育场的外场草坪上听他倾诉。周围有其他球员在活动身体。

萨瓦罗队里当然有领队和教练，可他们并不负责指导队员的技术细节。队员之间互相观察和纠正对方的姿势，从而弥补自己技术上的缺陷。西川也抓紧赛前时间，和互为竞争对手的二垒手上场队员克利·戴维斯·舒尼亚仔细研究接球动作。

"我觉得大家彼此都是竞争对手，没想到你们配合得这么亲密。"

"刚来的时候，基本上没人教我，我很想知道那些与日本不同的训练方法，所以不管遇到什么问题，我都主动向他们请教。一来二去，大家都愿意教我了。"

"美国的训练方法与日本有什么不同？"

"从各方面来说，日本都是从形式入手吧。比如投球方法、击球方法和接球的姿势。到了美国，我觉得他们更注重实践。打球之前先是接触熟悉球性，等到实际站到击球位置上的时候，再具体指导球员如何改进。"

"你对美国的印象如何？"

"天气比预想的热，因为是沙漠地带。我认为最重要的大概是补充水分。"

汽车旅馆和热狗

我们一起聊着聊着，不知不觉之中，预定19时开始的比赛时间就要到了。我中断了采访，他开始准备出场。看台上的观众渐渐多了起来，其实也不过50人左右，观战的方式也是各有千秋。有人在高网内摆开阵势高喊球员的名字，也有人在津津有味地欣赏队员练球的样子，还有人把啤酒摆在椅子上大喝起来……

这天比赛的对手是萨瓦罗队在南部地区的强敌——圣达菲幻想队。开赛前唱国歌，大家立正聆听。当地的妇女们高声唱起了"星条旗永不落"，水平虽然不敢恭维，但球员和观众们表情庄重，手贴胸前，向球场后方迎风飘扬的国旗行注目礼。无论是美式足球的庆典活动，还是俗称"超级碗"的美国职业橄榄球年度冠军赛、沃尔玛的股东大会，或者乡村的草根棒球赛，开场前唱国歌是雷打不动的传统仪式。一向被人说成是一盘散沙的美国人，只有在这一时刻紧密团结在一起。

比赛开始了。萨瓦罗队的投手是高个子的斯凯拉·西尔贝斯塔，曾在联赛中获得六连胜的超强本格派选手。从第一局的记分表上看，幻想队首先作为攻方连续挥棒击球，然而，西尔贝斯塔投出的快球角度刁钻，冲击力极强，最后幻想队以内场高飞球、三击不中、三振打者，终止了进攻。

攻守转换后，萨瓦罗队成为第二局里的攻方。对方投手虽然个头不高，然而表现不俗，一个斜上方投球，而且球路变化相当犀利。我一打听，原来他既是教练又是选手。结果，萨瓦罗队的进攻也因三者被三振而止步。

就这样，双方的比分保持为零比零。第三局是萨瓦罗队的大胜局。

率先打破僵局的是捕手查理·帕迪拉。他与西川住在同一个民宿家庭里。帕迪拉先是以强袭游击手的内场安打出垒，又以两个上垒和短打返回本垒。难度虽然不大，但是送上二垒的那个球判断精准，全身动作也近乎完美，终于拿下了萨瓦罗队领跑南部地区的关键一局。

出生在美国南部佐治亚州的帕迪拉，是在西川之后加入萨瓦罗队的。上一年度，他在全美高校联赛之一的堪萨斯球队效力，当地的一位有识之士把他介绍到萨瓦罗队。

尽管佩克斯联赛在美国垫底，然而一些属于二流水平的上级球队也来这里考察和挑选球员。所以，在佩克斯联赛中立功的球员也有机会转会到上级球队。对于希望继续打球的球员来说，这是他们唯一的出路。于是，帕迪拉开着自己心爱的"小皮卡"一路投奔到亚利桑那。

采访时他说："我的目标是让自己提高一个档次。至于挑选队员，我不刻意迎合，只想集中精力打好每一场比赛，一切顺其自然。我的最大愿望是尽可能延长自己的球龄。"

这一局比赛由于对方失误让萨瓦罗队大胜，获得6分。

其实，不及美国二流联赛水平的佩克斯联赛，外出参赛的条件十分艰苦。西川在日本时就了解得一清二楚。长途征战的舟车劳顿，加之球员正是需要补充营养的时候，可他们每天的伙食却是汉堡、热狗之类的西式快餐。晋升为美国职业棒球大联赛，不仅要求球员有过硬的技术，还要有足够的毅力闯过生活这一关。

联赛只能为每个球队支付五辆汽车的油费，集体远征时每五个球员合乘一辆车。虽说对手球队基本分布在亚利桑那、新墨西哥和得克萨斯西部一带，但是如果驱车前往，同属于南部边远地区的图森和新墨西哥州的圣达菲需要八小时车程，到达位于西海岸的特雷因罗伯斯队大本营——洛杉矶以北180千米的贝克斯菲尔德市——则需要九个小时。

长途颠簸姑且不论，到达后的比赛条件也同样艰苦。他们通常连赛三场，需要留宿在当地，经常住在与联赛签约的"汽车旅馆"。我们采访组到偏远地区采访时也经常在汽车旅馆落脚，所以，我对美国汽车旅馆的情况非常熟悉。这类旅馆不提供任何洗漱用品，在旅馆行业的金字塔里属于近乎托底的末流水平。

据西川介绍，有时候两张床的房间硬是塞进来四个球员。"戴上耳机闷头睡觉，也就适应了。"西川满不在乎地说。不过，我觉得如果条件允许的话，球员对这种待遇还是"婉言谢绝"为好。

从未缺失的自豪与欢乐

活跃在佩克斯联赛的球员大多数是大学落选后投奔到这里的小伙子。但是，他们没有苦闷、没有悲壮，反而充满了职业球员的自尊以及继续打球的欢乐。面对艰苦的环境，他们没有丝毫的懦弱和畏缩，始终保持着积极进取和乐观向上的良好心态。

身处职业棒球联赛最底层，球员们却在享受棒球的快乐

替补投手兼内场手阿雷克斯·赫尔南德斯，酷爱喝酒，喜欢甜食，是在联赛接近尾声的7月上旬从罗斯威尔的茵贝达斯队转来的"双料球员"。位于新墨西哥州的罗斯威尔是因"飞碟坠落事件"而知名的"UFO圣地"，在罗斯威尔的街头，到处都可以看到以外星人为题材的雕塑。

佩克斯联赛被人们视为在美国垫底的棒球联赛，这里也有不少的年轻人因为受伤、收入微薄，或者娶妻生子等各种原因不能继续与棒球为伍，从而彻底中断了自己的梦想。而阿雷克斯从2016年起一直坚持在佩克斯联赛效力。

上级球队来这里挑选球员，只不过是因为他们位置空缺，急需球员填补。所以，在这里打球肯定也有晋升的机会，只是希望不大。如今这一线希望已经降临，阿雷克斯得以继续追逐这枚爱不释手的白球。他感谢这个难得的机会，同时又说："比我优秀的棒球选手多得是，可是在这里打球的却不是他们，而是我。我觉得自己目前的这个环境来之不易，所以，我要拼命努力。"

再说6月份加入萨瓦罗队的达科塔·埃德瓦多。他投出的直球时速逼近150千米，利器在手的他成为比赛的首发球员。埃德瓦多曾经活跃在加利福尼亚州立大学斯坦尼斯洛斯分校的棒球场上，落选后正在寻找下家的当口儿，接到了萨瓦罗队教练打来的电话。

"在这里，我实现了职业球员的梦想。下个目标是全美职棒联赛。我知道自己有多大潜力，考官们也应该知道我的厉害。在这里打球，我只是想加深他们对自己的印象。"埃德瓦多说。

还有一位左手球员，出生在落基山麓怀俄明州的凯尔·阿托金森，他的境遇与埃德瓦多相似，以前在亚利桑那、得克萨斯和密苏里州打过球，最后在密苏里的高校联赛中与教练不合，来到了佩克斯联赛。他最拿手的是以两米的超高身材连续投出时速150千米的直球和滑球的组合球。尤其是当他的滑球准确飞到右打者膝下的这一刻，球队就不必担心出现被动局面了。

"遗憾的是我在大学落选了，来到这里是为了从头做起。虽然没什么收入，只要能够继续打球，其他都不是事儿。"

这里不仅有乐观向上的球员，但也不乏萎靡不振者。

例如左撇子替补投手达尼埃尔·恩里科·阿尔巴勒斯，去年在特雷因罗伯斯队的成绩引起考官注意，被挑选到二流球队 3A—2A 水平的墨西哥队。可是，2018年联赛开始仅两个月，他便被解约，一位旧友把他请进了萨瓦罗队。

"我今年的努力目标是和这里的队友一起留下好成绩。然后，要么去上一级联赛，要么出国打球，去日本也行啊！"

当了 46 年教练的摩尔

比赛到了第四局，萨瓦罗队继续扩大领先优势。先上场的西尔贝斯塔越战越勇，不给幻想队一点儿可乘之机。不经意间天色渐晚，朝灯塔那边望去，与墨西哥接壤的边境上空电光闪闪。夏季午后的亚利桑那，总有暴雨伴随着电闪雷鸣倾盆而下，如注的雨水漫过边境附近的公路。

刚打棒球时，大家做梦都想当一名职业球员。到了初中、高中和大学，球技水平逐渐上升，他们需要在实力和实战之间反复磨合。包括西川在内，佩克斯联赛的所有球员始终坚守在自己的梦里。对于这些球员来说，到美国职业棒球联赛打球如同痴人说梦，但是只要身体条件允许，他们义无反顾，向梦想中的舞台全力挺进。他们是一群意志坚强的"棒球狂"。说得更严重些，他们是一群与棒球梦想不离不弃的"梦游人"！

　　身经百战的教练摩尔何尝不是如此。虽然在萨瓦罗队执教还不到1年，在佩克斯联赛执教8年，但他的棒球教练生涯已经长达46年之久。算起来，他在73年的人生道路上有2/3的时间是作为棒球教练度过的。迄今为止，他作为教练带领球队赢得的比赛大约有1400场。包括当球员时在内，作为一个不折不扣的"棒球人"，摩尔参加过的各种比赛已经多达5000余场。

　　"执教过程中，您最看重的是什么？"

　　"我最看重的是赢球。我到这儿不是度假的，我在这儿的目的就为了把胜利的指环戴到手指上。"

　　"您为什么对赢球这么在意呢？"

　　"我生来最讨厌的就是失败，在输赢问题上我只想赢。只有赢了，才能让球员拥有发展的资本。挑选球员的考官只盯着获胜的球队，主动给获胜队的教练打电话，询问有没有值得推荐的好苗子。人家不会给垫底的球队打电话哟！"

　　"实际上，您这儿有没有队员去了上级球队？"

　　"去年夏天，我从名单里删掉了8个队员，占到全队的1/3啊！他们都转到上级联赛去了，就是因为我们队赢球了。"

　　摩尔年轻的时候，即20世纪60年代的后半期，社会上已经有了职业棒球，他曾在北美大陆为一些球队效力。27岁退役后，在亚利桑那州的菲尼克斯开了一家旧车行，一边做生意一边在夏季联赛里当教练。

"您觉得教练这项工作开心吗？"

"教练生活有苦有乐。每年到了夏季，连续70到75天，我都要去球场报到。今天的天气算是比较舒服的，有的日子气温能超过40摄氏度。所以，打棒球需要的是毅力哟！"

"可是今天也到了38摄氏度……"

"今天的天气多好啊！（笑）这项工作还需要我老婆的理解，整个夏天不见我的人影，老婆一次牢骚都没发过。我每天跟棒球泡在一起，包括两个女儿还小的时候。"

"如果球员不想干了，您还挽留他们吗？"

"虽说在这儿的人都热爱棒球，可是等到赛季一结束，不少球员当机立断，另谋生路。他们也有自己的生活，说不定能够遇上个好姑娘，生儿育女。所以他们必须找一份收入不错的工作。这种选择是他们的人生大事，我不会挽留。"

职业球队的头目们口口声声地说，球员每月能够挣到三四百美元。可我问过一些球员，他们基本上没有收入。有人批评佩克斯联赛言必称职业，可球员却挣不到钱。也有人指责那些头目，为了成就自己的事业，用微薄的报酬把这群怀揣梦想的年轻人拢在一起。其实，正是因为囊中羞涩，他们才得到另一份礼物——球员之间的团结友爱。

这份真挚的友情，透过第六局比赛中的这一幕便可略窥一斑——

从堪萨斯高校联赛转会而来的戴维斯，在场上的表现与巴迪拉一样出色，他朝着灯塔的方向打出了一记漂亮的本垒打。看台上欢声一片，工作人员开始在观众中走来走去，收取小费。其实，比赛到了第五局结束的时候，看台上仅有73位观众。戴维斯看了一眼满是一美元钞票的帽子，情不自禁地与队友们一一击掌："看啊，帽子里居然还有一张20美元的大钞哪！"

戴维斯的漂亮一击，将场上的比分扩大为7比0，西尔贝斯塔以未踏三垒的投球，将本格派的雄厚实力发挥得淋漓尽致。比赛的大局已定，球场里已经有女孩随着背景音乐翩翩起舞了。赛场上洋溢着轻松愉快的喜庆气氛。

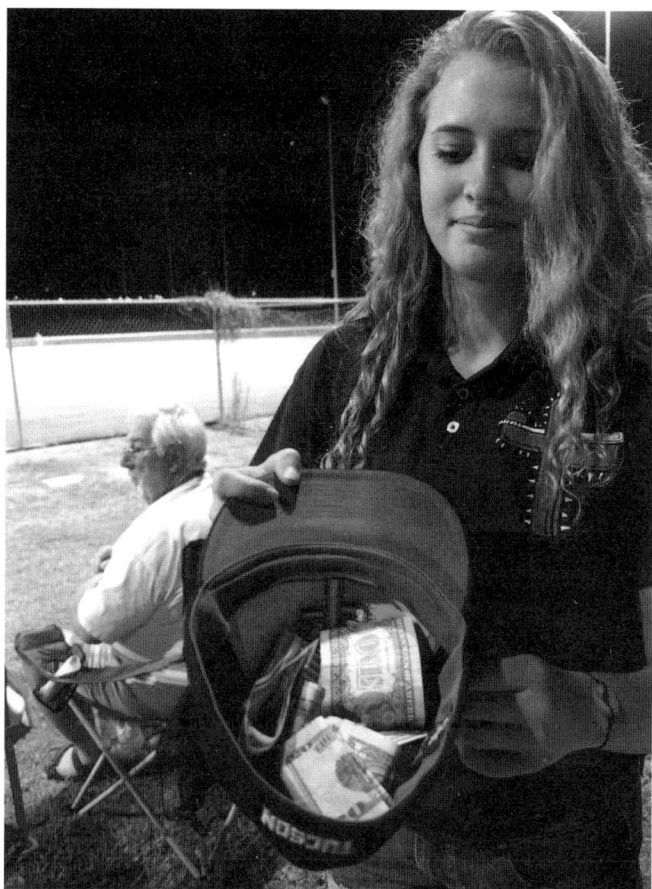

一记漂亮的本垒打之后，工作人员端着帽子在看台上收取小费

"粉丝"倾注无私的爱

摆在面前的现实是当地人对球员和球队的热情支持。观众对本垒打和勇夺三振的一点心意为球员增加收入如此，"粉丝"们在赛前帮助球员搬运装备、为球员提供住宿设施的也是如此，民宿家庭每天为没有收入的球员准备床铺、淋浴和一日三餐更是如此。

负责接待西川、帕迪拉和赫尔南德斯的马丁夫妇便是民宿家庭之一。

他们夫妇前去观看5月份开幕式表演赛的时候，看到球员们拖着大件行李没有落脚之处。虽然约定在赛后为他们分配民宿家庭，可是当时确定的民宿家庭容纳不下全体球员。马丁夫妇见状于心不忍，便把没地方住的球员直接带回到自己的家里。

"赛季的最初几天，家里一共来了八个球员。我家有三间卧室，其中一间是我们两口子的，另外两间虽然都是双层床，那也不够住啊，所以，有人睡在客厅的沙发上，有人干脆躺到了地板上（笑）。"民宿家庭的女主人说。

后来，另有安排的球员搬了出去，留在这里的西川和赫尔南德斯合用一张双层床，帕迪拉住在另一间房里。

开赛后的第二天上午10点，采访组来到民宿家庭拜访他们。赫尔南德斯和帕迪拉还在酣睡。厨房里摆着昨晚吃剩的意大利面。马丁夫妇准备的饭菜以及冰箱里的食物，球员们可以随便吃。一周的伙食标准是200美元，球员们感觉物有所值。

"一群精力过剩的小伙子挤在您家里，够您受的吧？"

"一点问题都没有！我有个领养的姐姐，我父亲那儿还有一个领来的哥哥。我自己和原来的老公也收养过一个孤儿，我喜欢帮助那些追梦的年轻人。"

"您觉得西川怎么样？"

"他是个好小伙儿。没看出来他都28岁了，也不知道他已经结婚了。他来到我家后不久，我从脸书上看到了他的履历，上面写着'已婚'，我还纳闷儿呢，咦，怎么会呢？（笑）。后来，又听他聊起了自己的经历和饲养乌龟之类的私事。听说他还在加拿大当过裁缝，太意外了。"

"他们走了以后呢？"

"下一拨来我家民宿的是留学生，德国女孩和韩国男孩。等他们回国后，又该是佩克斯联赛的人了。"

"看来您平时总有接待任务啊！"

"可开心啦！佩克斯的弟兄们到来之前，我下班后在家看电视。现在每天出去看球。在这里亲眼见到这些球员，感觉特好，将来他们中间有谁成了球星，希望他能给我打个电话，说一句'I love you'。"

这里的观众虽然不多，但是"粉丝"们忠心耿耿。头戴牛仔帽的詹姆斯·吉尔巴特替球员搬运棒球装备。三年前，他从高速路上的广告牌上知道了这里有佩克斯联赛，从此便成了热情的"粉丝"。如今，他不仅在赛场帮忙，而且还领着初来乍到的球员到图森市里逛街，陪他们一起出去吃饭。

"你常来看比赛吗？"

"每场都看，一场不缺。头一次来的时候大概是三年前。我只是他们的一个'粉丝'。"

"美国职业棒球联赛呢？"

"没看。因为家里没有电视。"

"刚才你搬过来的东西是什么？"

"哦，那是冰水。太阳底下太晒了。为了让他们比赛时舒服一点儿，最好还是有一些冰水，是吧？所以我就准备好了。"

"你们这儿，球员和'粉丝'们的关系还挺密切的。"

"您说得没错！到了球场，比赛之前还有机会和球员搭话。问问他们从哪儿来的，在哪个学校上学，显得更亲热了。在美国职业棒球联赛上和球员没办法交流，对吧？"

"你认为西川怎么样？"

"他是个很有教养的年轻人。前不久，我拿着三明治，带着他去了我父亲的牧场。人家毕竟是远道而来的外国选手嘛，我还想带他到图森的各个地方走一走呢。"

"赛季结束了，你怎么办？"

"老实说，我会感到失落的。"詹姆斯说。

另外，有的球员退役后仍然与佩克斯联赛保持联系。

场内广播的出场名单里有一位名叫泽科·卡普罗斯基的球员，他曾经是今天比赛的对手、圣达菲幻想队的投手。在加利福尼亚的高校联赛效力后，他又在美国中部的密苏里州高校联赛里打过球，后来转会到了佩克斯。退役后，他就读于研究生院。如今，已经是博士后的泽科，正在协助联赛的运作管理。

"我在佩克斯打球的时间不长，这里有些球员经历过二流联赛，有的球员来自澳大利亚或其他国家。他们各有所长，这里的生活是值得我珍惜的一段美好经历。目前我在联赛里帮忙,学习联赛运作方面的知识。

"两个星期前来到这里的那位主裁判,曾经在美国职业棒球联赛里当过裁判和考官。球员进入考官视线的机会肯定不少。这可是我竭诚推荐的哟!"

梦想与幻想的一念之隔

比赛进入第七局。当幻想队的进攻结束后,"Take me out the ball game"(带我去看棒球赛)的歌声已经响彻球场的上空。这是美国棒球观众的保留节目,感伤的旋律让观众们恋恋不舍,沉浸在无限的遐想之中。看台上的观众们随之起立,深情地哼唱起来……

关于棒球的起源众说纷纭,公认的说法是移民将英国流行的游戏带到了美国。棒球之所以成为美国的国球,是由于受到了美国南北战争和后来工业化进程的影响,尤其是受斯伯丁公司创始人亚伯特·古德维尔·斯伯丁的影响最大。

我对内田隆三的《棒球之梦》比较熟悉。从19世纪后期到20世纪初,引领美国棒球界的斯伯丁认为美国是棒球的发祥地。在他的推动下,美国还专门成立了调查棒球起源的委员会,结果发现研究和制定现代棒球规则的是南北战争中北方军队的一名士官(后晋升为将军),地点是他的老家——纽约州北部的库珀区。其实,在库珀区早已有了一座"荣誉殿堂",为那些在美国职业棒球联赛效力的本地球员、为棒球发展作出过贡献的人士树碑立传。

棒球是否起源于美国，库珀区是不是棒球的发祥地，目前还没有明确的证据。其中，斯伯丁之所以力挺美国起源说，当然有他商业方面的考量。然而，当年为了把南北战争中支离破碎的美国重新统一起来，也需要有一个能够唤起美国精神的故事来烘托气氛。棒球运动深受南北士兵的喜爱，两军士兵在军中进行比赛的传世佳话，完全可以作为颂扬美国南北融合的首选素材。

况且，19世纪后半叶的美国正在加速实现城市化、农业机械化和工业现代化的进程，促使那些开荒种地的移民后裔——当时还是农民的人们——源源不断地拥入城市，摇身变成了工人阶级兼消费者，支撑起大量生产和大量消费的美国社会。从结果来看，传统的区域共同体已经衰落，原有的中产阶级经过重新组合成为新一代的中产阶级，即在工厂里上班的所谓"工人"。

从乡村到城市的人口流动、农村社会的衰退，以及旧中产阶级的没落等，在这个社会结构发生巨大变化的过程中，棒球被人们推上了美国体育运动的巅峰，帮助人们找回了传统和优秀的美国。

贵在有梦，而梦想与现实的磨合何尝不是人生

"棒球是美国人发明的，是美国的体育项目。喜欢棒球不需要理由。"

正如头戴牛仔帽的吉尔巴特所说，类似佩克斯联赛这种偏隅一方的独立联赛之所以能够迷倒观众，或许是因为人们可以在这里满足自己对郊野小镇的思恋——哪怕这种情愫本来是属于白人的。

在第七个回合的比赛中对方投手换人，萨瓦罗队的替补选手也开始在练习区接球、挥棒，准备上场。西川也在不停地挥动手里的球棒，好像在确认球棒划过的线路。对方新换上场的投手是左手球员。比赛完全是一边倒的局面，还没有上场的西川也许还有机会。

结果，还没有容得替补球员上场，比赛已经结束。球员的比赛成绩是上级球队挑选球员的重要依据。比赛进展得越是顺利，击球和防御的成功率等指数上升的可能性就越大，球员更有机会成为让考官动心的选拔对象。

"其实我今天特想上场。真不甘心！"

说着，西川咬紧嘴唇。看来他想投奔的上级联赛，还是没有向他敞开大门。

西川所在的萨瓦罗队虽然取得了联赛第一的战绩，但由于在决赛的加时赛里败下阵来，最终与2016年以来重返联赛冠军的理想失之交臂。球队就地解散，球员各回各家。西川也在洛杉矶转机回到了日本，在幕张的奥特莱斯商城上班，挣钱糊口。每到休息日，他便来到当地的少年棒球队，给在这里当教练的父亲帮忙，顺便活动身体。

从前，职业运动员和偶像歌手都属于凤毛麟角。如今，由于各行各业的"大众化"，致使职业与业余之间的门槛无限降低，身边有几个"粉丝"就敢以偶像自居。据说由于职业棒球的概念不断外延，跻身职业球员的机会也越来越多。不用说"甲子园"的参赛资格，就连硬式棒球的经历也只是蜻蜓点水的西川，最后也圆了职业球员的梦，如果依照传统尺度加以衡量，像他这种条件想成为职业棒球选手简直是异想天开。

试图通过佩克斯联赛升入上级联赛的幻想，吸引了一批又一批苦苦追求棒球梦想的年轻人。在他们中间也确有个别球员被选拔到了上级联赛，所以，把他们的梦想统统说成幻想，未免言过其实。然而，如果将这种近乎偶然的机会渲染为"美国梦"，那么，地处边境的佩克斯联赛也不失为"美国梦"的践行者。

人们常说：人生匆匆，贵在有梦。然而，梦想与现实的不断磨合何尝不是人生的一种滋味？我敬重那些敢于将梦想进行到底的人。相反，我也不反对在某种情况下重新选择人生道路的另一些人。这两者不是同样重要吗？在返回汽车旅馆的路上，一个念头在我的脑海里掠过：假如他们是我的孩子，我该对他们说些什么呢……

美国南部边境城市特设的佩克斯棒球联赛。执教近 50 年，现统率图森队的比尔·摩尔

第十一章

可再生能源VS 偏远地区

石油大国里的风力发电

得克萨斯州斯威特沃特

印象深刻的"石油之州"——得克萨斯。

来到美国最大的油田地带帕米安盆地，从页岩层中抽取原油和天然气的泵站一片嘈杂。

得州另有大片的海上油田和炼油厂分布在墨西哥湾沿岸。然而，得州还有一大优势——风力发电。

于是，采访组奔赴世界最大级别的风力发电场所在地——得克萨斯州的斯威特沃特。

"一想到当初如果没有把土地租出去，我就心生后怕。"面对自家的这片棉花地，拉斯·佩蒂舒了一口气。

凉风吹过大地，棉花绽开。从白花花的棉田抬头望去，一座座雪白的风电机巍然矗立。在得克萨斯州西部的诺兰县，佩蒂拥有6000英亩（约24平方千米）的棉田和牧场。在他的地盘上，43座风力发电机发出独特的嗡嗡声。

佩蒂家把农场的土地租赁给风力发电场的初衷，是为了弥补棉花收入的不足。荒凉的得克萨斯西部常年少雨，不适合种植谷物。因此，大部分农家依靠种植耐旱的棉花或者发展畜牧业维持生计。然而，满心指望着的棉花却经常因为天气干旱而歉收。

他家的地下有原油，土地已经出租给石油公司，但是原油产量越来越少。那个时期，电力公司准备在这一带兴建风电场，为了保证其他收入来源，他便答应了电力公司的征地要求。2008年竣工后，这里成为世界最大的风电场——马谷风能中心（Horse Hollow Wind Energy

Center）的一部分。

"一座风电机一年能让我有5000美元的收入。如果没有这笔钱，2010年到2012年的那场干旱，我得卖掉多少头牛啊！"

以"石油之州"闻名遐迩的得克萨斯州。来到美国最大的油田地带帕米安盆地，可以听到泵站从页岩层开采原油或天然气的嘈杂声。得克萨斯州另有大片的海上油田和炼油厂分布在墨西哥湾沿岸。

单从以下的几组数字来看，也足以令人感到震撼。假如把得克萨斯州当作一个国家，它的原油日均产量约为490万桶（截至2018年12月，只限陆地）。这个产量在美国国内不消说，在世界上位居第三，仅次于俄罗斯和沙特阿拉伯。

其实，得克萨斯州还有另一个优势——风力发电。据美国风能协会（AWEA）统计，截至2018年第四季度，得克萨斯州境内共有13361座风电机。发电量超过25000兆瓦（MW），是美国风电机拥有量第二位的俄克拉荷马州的三倍多。如果同样把得克萨斯州当作一个国家，这里的风力发电量排在中国、德国、印度和西班牙之后，位居世界第五。

走上成功之路的三大理由

得克萨斯州的风电事业发展得如火如荼，究其原因无非是这里的地理条件适合风力发电。

在得克萨斯州，风力发电集中的地方有三个：首先是从得克萨斯西端的边境城市埃苏到帕米安盆地；其次是俗称"平底锅柄"的得克萨斯州北部地区；最后一个是拉雷多和布拉斯维尔等南部边境的沿海地区。

上述地区均属于强风区，尤其是位于帕米安盆地东端的诺兰县，更是名副其实的大风走廊，全年强风不断。这片荒无人烟的土地最适合风力发电。通过不断的技术革新，如今不仅在山峦的天际线上，即使在平原上也能够实现高效的风力发电。

风力发电还需要得到当地农场主的理解。20世纪90年代末，诺兰县开始规划和建设风电场。当时，这里面临棉花、肉牛、石油及天然气等收购价格全面走低的三重窘境。

"年轻人都跑到城里去了，剩下的只有老年人。萧条的农村经济让人们看到的是一片没有希望的田野。恰好在这个时候，建设风力发电场的方案来了。绝对的天赐良机！"斯威特沃特的律师、专门接手风力发电借贷官司的罗德·威尔回顾道。

作为当地农场主的代言人，他在这里归纳整理起草了第一份风险契约，成为当地有名的精通风力发电相关法律的权威人士。

当然，那时也有不少人对陌生的巨大风车表示怀疑。可是，当出借土地的农场主开始数钱的时候，周围的农场主们也一窝蜂似的参与了风电工程。

得克萨斯人一向以开拓进取的精神著称于美国。再说，西得克萨斯在第二次世界大战前曾多次掀起过"石油热"。对于当地人来说，在自己的地盘上建设石油泵站早已经习以为常，这也是他们能够迅速接受风力发电项目的原因。

然而，单靠大自然的恩惠和本地人的理解，风力发电大概率不会发展到如此庞大的规模。

"州政府对风力发电的支持非常关键。"德国能源巨头、意昂集团（E.ON）主管气候变化、可再生能源的北美常务副总经理约翰·弗兰克林是这么认为的。

如果没有得克萨斯州州政府的政策支持，风力发电不可能发展到这种规模。

说到州政府的政策，莫过于对输电网的投资。

在地处帕米安盆地的米德兰和敖德萨等地掀起过"石油热"的20世纪50年代，出于对电力需求增长的预期，当地架设了多条通往州西部的输电线。其后，帕米安盆地经历了石油开发忽热忽冷的过程，到了20世纪90年代，这里处于"石油热"退烧后的经济萧条时期。

"开始建设风电场的当初，这里的输电网不仅够用，而且绰绰有余。"斯威特沃特经济开发局的总监肯·贝卡回忆道。

斯威特沃特近郊风景

包括斯威特沃特地区在内的诺兰县，在得克萨斯州的版图上也算得上是风力发电的最强县，这里集中了1325座风电机。然而，电力需求量大的地区是达拉斯、休斯敦和奥斯汀等州东部和州南部的那些大城市。输电网的电力出现空白是电力公司选中那里的主要因素。

其后的2002年，得克萨斯州的电力开放政策吸引了数家风电公司相继入驻。与加利福尼亚州因电力开放引起大停电的后果不同，得克萨斯州采取了发电与输电分离以及调整价格（禁止现有电力公司在失去一定的市场份额之前擅自降价的措施）等，旨在稳定电力供给、鼓励多方参与的开放措施。

2007年，得克萨斯州州政府为了满足风力发电增长的需要，毅然决定投资70亿美元用以扩充输电网。

州政府之所以能够作出投资输电网建设的决策，根源在于得克萨斯拥有自主的输电网。在美国分别有东部系统、西部系统以及得克萨斯电力可靠性委员会（ERCOT）等三大电网。在美国，作为一个州独立拥有输电网的只有得克萨斯。

1970年成立的电力采信度评议会，负责监管得克萨斯州的输电网运行、电力批发和零售市场，并且负责向全州75％的地区供电。由于得克萨斯州的电力输送系统不像东部系统和西部系统那样横跨数州，所以，该州作出投资输电网建设的决策，与各州之间不存在利害关系。

"当时的州长里克·佩里重视的是石油开发，对可再生能源的开发未必看得那么远。但他至少没有阻止，所以这项投资计划才落到了实处。"斯威特沃特经济开发局的贝卡如是说。

痴迷于风力发电的牧师

风电产业给荒凉寂寞的乡镇带来了不少实惠。

据贝卡介绍，建设风电场之前的1988年，诺兰县的全部税收只有5亿美元，而现在已经达到32亿。另外，诺兰县为电力公司提供10年的税收优惠政策，并且与他们达成共识，税收优惠获利的40%捐赠给当地学校。由于有了这笔资金，学校的老旧设施得以改善，教学活动得以扩充。

"这个地方太穷了，越来越多的父母供不起孩子上学。为了给孩子们提供受教育的机会，据说学校正在进一步发挥作用。其中，来自风电公司的赞助是对学校的最大支持和鼓励。"诺兰县罗斯科地区的教育长金·阿雷克桑达说。

他同时还担任着阿里专科大学罗斯科独立学区的代表。阿里专科大学以 STEM（科学、技术、工程、数学的英文缩写）为办学特色。

在这个地区，有不少学生高中毕业后没有继续上大学。经济负担过重是学生中途退学的主要原因。因此，为了缩短取得学位的时间，罗斯科独立学区将大学的一、二年级与高中合并为阿里专科大学，学生在高中毕业时已经获得"准学士"的资质。更可贵的是，阿里专科大学把教学精力集中在人才紧缺突出的 STEM 上。

目前，罗斯科独立学区的做法正在全州推广，而在背后支持他们的是方兴未艾的风电事业。

在过去的20年里，迅速扩张的风电产业给经济冷清的乡镇带来了稳定的生存环境。

得克萨斯州州立工科学院与德国能源巨头意昂集团经营的世界最大

级别风力发电场——罗斯科风电场——只有一墙之隔，目前，这所学院正在加紧培养风电设备保养和维修方面的技术人员。

风电机技术员的专业培训课程，有风力发电基础知识及发展史、直流电与交流电的基本理论与流体动力、风电机构造。从课堂教学，到高压电下的作业和上下风电机等高空作业，以及风电机的故障检修所需的知识和技术等。全部课程学下来需要五个学期，具有高中学历的人均可入学。

采访时，我暗自观察了他们上课的情景。教室里有70名学生在上电路课，从应届高中生到退伍军人，不仅有得克萨斯本地人，还有来自匹兹堡、科罗拉多、夏威夷州等异地学生。

这些学生来自全美各地，希望将来能够成为风力发电的工程技术人员。维修风电机的高空作业虽然辛苦，但是时薪超过20美元，与当地其他行业的工人相比属于高薪阶层。随着风力发电的规模不断扩大，技术人员紧缺已经成为常态。环顾世界，风力发电方兴未艾。如果能够成为技术骨干，将来有机会被派往国外工作，他们将有更高的报酬可以期待。

如果除去瞬息万变的石油天然气交易，这里在历史上是一个以棉花种植和畜牧业为主的偏远地区。对于愿意留在当地或者幻想远走高飞的年轻人来说，蓬勃发展的风电事业都具有难以抗拒的吸引力。

风力发电成为新兴职业，学生们立志成为风电技术人才

风电事业也征服了当过牧师的布莱安·得彼特·钦格。

钦格出生于得克萨斯州北部的拉伯克县。上大学时，他在神的召唤下走上了神职道路。在美国，许多人在成年之后受到基督教影响而觉醒。钦格这个人与嗜酒如命的乔治·W.布什有着相同的经历，类似韩国电视连续剧《重生》（*Born Again*）的主角。钦格曾经在巴西住了三年，从事传教活动，最后在俄克拉荷马州落脚，成为一名牧师。

一个牧师走进了与他风马牛不相及的风电行业，也是为生活所迫。据说钦格当时正想找一个养家糊口的稳定职业，结果，风力发电的发展前景让他动了心。

"这个世界正在朝着自动化突飞猛进。我想在这些领域里多学点本领，所以就来到了这所学校。只要信守基督教的伦理道德，努力工作，做自己认为正确的好事，不管什么职业我都能干。风电机的技术员与基督教的教导并不矛盾。"

说这话的时候，钦格已经被当地的输电网公司录用了。

在工科学院里任教的比利·琼斯也在风电场当过技术员。身为单身母亲的琼斯为了给三个孩子挣足学费，勇敢地踏进了风电行业的大门。2007年她改行当技术员时，人们还普遍认为风力发电是男人的天下。最近，人们已经承认这是一个女子也能挣钱的行业。

琼斯说："每天进行维修时，必须踩着100米高的梯子上来下去。寒冬季节，机房里的温度降到零下20摄氏度，天热时超过50摄氏度。所以，入学以后我立刻来到健身房，只有把身体锻炼棒棒的，才能干好这个工作。"

最后，她因为膝部手术不得不退休。然而多亏了风力发电，让她把孩子们供到了大学毕业。

陆续涌现的创业者

当地还涌现出一批创业者。

在斯威特沃特出生的电气工程师马克·瑞内瑟斯早在2007年就创办了风能涡轮机服务公司，为风电机更换金属片和齿轮箱等零部件。当初他看到不断竖起的一座座风电机，相信一定有需要更换零件的客户，便和当地的朋友合伙创业。这个最初只有4个人的小企业发展到现在，已经在当地聘用了50名员工。

"这个地方建设的风电场，规模已经相当大了。我认为风电机的增加不会再像以前那么快了。但是，只要这儿的大风不会停，机组维修总不会无事可做吧。"

同在斯威特沃特长大的希斯·因斯，在一家回收利用废旧金属片企业"全球玻璃纤维制品公司"担任技术总监。高中毕业后，他一度离开家乡，后来又作为一名风电机技术员返回家乡，如今在这家公司上班。

"妻子和我一直都想回来，风力发电帮我实现了返乡创业的愿望。"

除了上面提到的两家企业，阿根廷的 EMA Electromechanics 等知名的电机制造商也来这里办厂。诺兰县每天都有250多人在风电场上班，如果把餐厅等从事后勤服务的人也计算在内，这个数字也许更大一些。

当然，风力发电还没有让诺兰县的人口翻番，迁来迁走的情况虽然有所增加，全县人口也基本徘徊在1.5万人左右。这里的商业网点已经初具规模，但街上依然冷冷清清。可见，如果没有风电的大规模建设，这里的人口老化和稀疏程度肯定要比现在严重得多。

当过牧师的钦格说："随着农业不景气，乡村也日渐凋敝。从这里出发，无论朝东南西北的哪个方向走，都能看到无人居住的'鬼城'。不过，现在好了，风力发电的兴起像一场及时雨，让这里重新获得了新生。风的力量，稳稳地支撑起农村经济的这片蓝天。"

如前所述，在风力发电遍地开花的背景里，有得克萨斯州的历史原因，其中包括绰绰有余的输电网、培养技术人才的高等学府、鼓励人们积极创业的能源开放政策、州政府和当地的支持以及敢于向新生事物挑战的得克萨斯人……这些有利条件的叠加在一起，让这里的风力发电量已经占到全州电力15%的份额。

鼓励全美发展风电项目的联邦政府免税政策一旦终止，风力发电的性价比将有所降低，尽管最终结果取决于蓄电系统的进步大小，但从目前的形势来看，受风量左右的风力发电，一时还难以成为电力产业的支柱。因此，谁也不能保证得克萨斯的成功经验能够复制到其他地区。

德国意昂集团的北美副总经理弗朗克林对发电事业的未来抱有乐观态度。从2009年算起，美国的风力发电成本已经降低了近70%。风电机的发电量还在增加，运营成本肯定还要继续下降，可持续发展和可再生能源增长的趋势也将长期不变。事实正在证明，风力发电作为偏远地区的重要产业有着良好的发展前景。

　　"中西部和东北部地区，大力发展包括风力发电在内的可再生能源的州县正在增加，这里还有可再生能源不断发展的巨大空间。"

　　弗朗克林在核潜艇上担任过技术官，而且在美国石伟工程公司（Stone & Webster）工作期间参与了核电站的建设过程，其资历令人刮目相看。他转业来到意昂能源集团，只能解释为他已经认准可再生能源是未来能源的主流。虽然特朗普政府对可再生能源不屑一顾，但是，得克萨斯正在因此而脱胎换骨，朝着包括可再生能源在内的"能源大州"迈进。

得克萨斯州的风力发电场。风力发电改变了靠种棉为生的命运

第十二章

宗教VS巨型教堂

化身为大型活动的基督教会

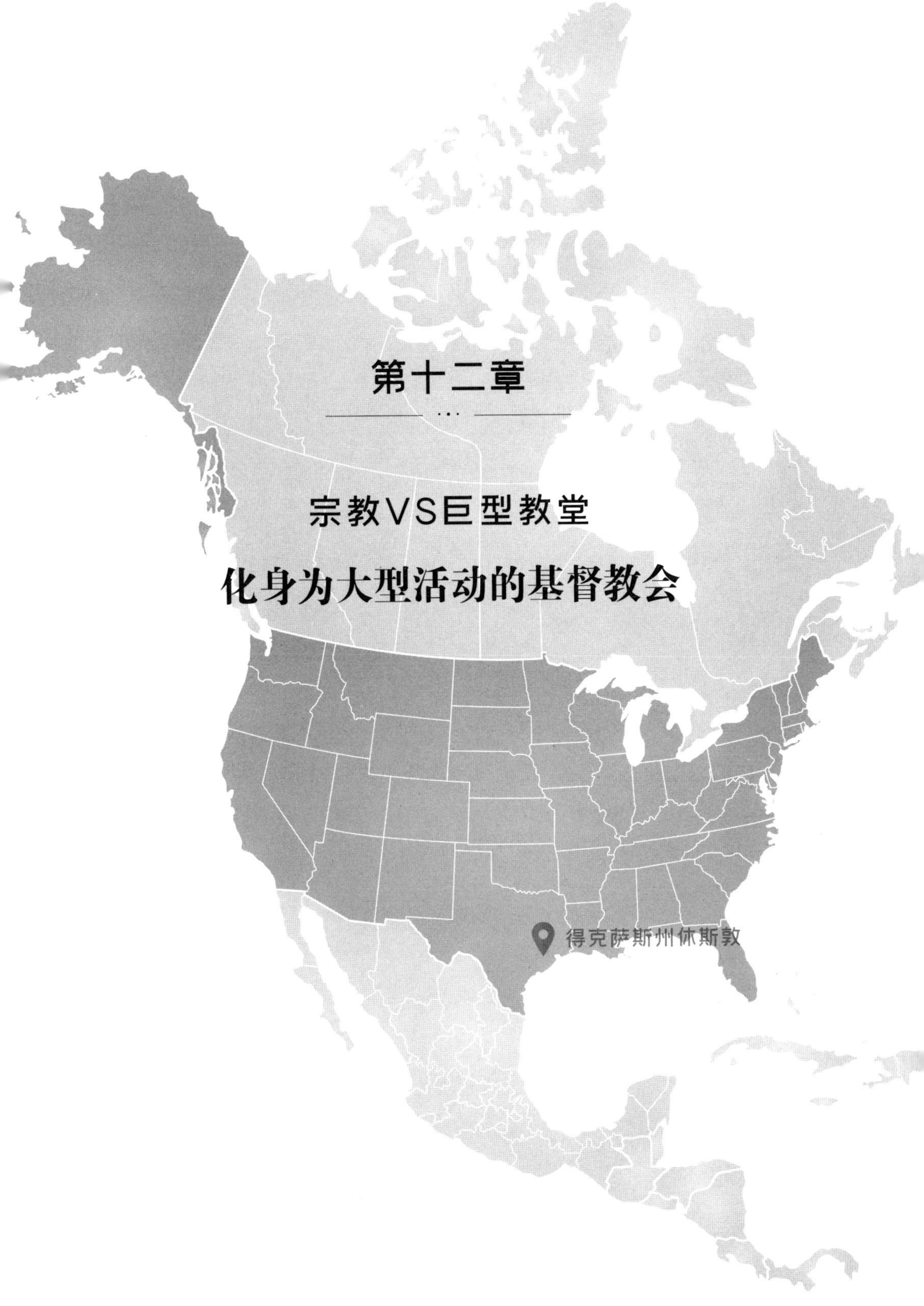

在美国有一些规模庞大的教会组织，一场礼拜活动可以召集2000多名教徒参加，这便是所谓的"巨型教堂"（Mega Church）。

大多数的巨型教堂属于基督教福音派，主要分布在得克萨斯州等美国的南部地区。

虽然他们具有否定进化论的宗教激进旨主义一面，与东海岸和西海岸的自由派格格不入，但是，他们对美国的政治和社会也产生了潜移默化的影响。

于是，采访组潜入到巨型教堂的内部……

"我也是一个科学家，所以我想深入探讨基督教如何创造天地这个问题。当谈到谁创造了天地的时候，我相信是基督。然而达尔文主义认为生物从无到有，这个观点我无法接受。"谈起进化论，基督教福音派牧师当·蒙顿显得有些激动。

　　如同他将自己归为"科学家"那样，学生时代的蒙顿也曾想过当一名生物学教师。但他中途醒悟到上帝的存在，最终走上了信教之路。后来，他在密歇根州参加了当地举办的旨在通过体育运动培养宗教信仰的教会活动，受到好评后成为休斯敦第一浸信会教堂（First Baptist Church）的牧师。这已经是20多年前的往事了。

　　美国南部的许多福音派教徒对进化论持否定态度，因为他们有《圣经》里上帝的语录为证，还因为《圣经·旧约》的天地创造说是他们认准的事实。蒙顿的立场也是"上帝创造了一切"，然而他又指出，天地的创造是有序的，社会是有序的。起源姑且不论，生物变化本身似乎也吸收了这种观点。

蒙顿供职的休斯敦第一浸信会教堂是一座位于休斯敦郊外的巨型教堂。所谓巨型教堂，指的是一次礼拜可以聚集2000人以上超大型教会组织，这里以超凡的动员能力和大规模的募捐能力令人骄傲。休斯敦第一浸信会教堂每逢周日的礼拜活动竟然能吸引了七八千人参加，不愧为一座典型的巨型教堂。

巨型教堂里的幸福感

　　遍布全美的1600座巨型教堂大部分属于基督教的福音派。如同本章开头所言，福音派的特征是将《圣经》的内容奉为金科玉律，对人工堕胎、同性恋婚姻和进化论均持否定态度。在东海岸和西海岸的自由人士眼里，福音派教徒近乎宇宙人。然而在与宗教渐行渐远的美国，福音派仍在稳步发展教徒的人数，扩大教会组织的规模。

　　在巨型教堂里，批判拜金主义与商业主义的思想深入人心，同时也拥有类似休斯敦湖木教堂神赐牧师乔尔·奥斯丁那样的一批富人牧师。由于政府对教会免征法人税，又有几千名教徒不断地捐款或者购书，教会肯定有钱可赚。正因为如此，也有不少美国人已经把"用信仰赚钱"的教会看透了。

　　然而，以人海战术为背景的教会对共和党保守派和政府仍然具有隐形的影响力。特朗普在2016年总统大选中获胜的背后，便有厌恶希拉里·克林顿的福音派支持。已故的著名福音派牧师葛培理，曾经在尼克松等历代总统的就职仪式上做过祈祷。

"他（指特朗普总统）所干的事情，我也不是完全赞同。然而综合起来看，能够理解的部分比不可理解的部分更多一些。"蒙顿说。据说在引发热议的美国驻以色列使馆迁至耶路撒冷这件事上，福音派也施加了一定的影响。因为他们根据《圣经》所言，认为是上帝把耶路撒冷送给了犹太人。

巨型教堂的盛大场面有别于平时人们印象中的传统耶稣教堂。说起星期日的礼拜活动，印象里的场面通常是身着黑色长袍的牧师高声说教，表情庄重的教徒侧耳聆听。然而，如果没有人特意说明，巨型教堂的场面与平时唱诗祷告没有多大的区别。

2017年11月的一天，上午11时。一场礼拜活动和往常一样，在现场的吉他弹奏和鼓点声中开始。

当开场式的一曲人气爆棚的福音歌《你真好》（*You Are Good*）奏响，刚才还正襟危坐的信徒们顿时兴奋起来，手舞足蹈。放眼望去，平时印象里多为中老年夫妇的现场，这一天也来了不少20岁出头的年轻人。随后演唱的福音歌曲还有《好日子》（*Glorious day*）《我心安宁》（*It is Well with My Soul*）等。礼拜开始后的这段时间是专门用来暖场的福音歌曲演唱会。

接下来的洗礼仪式也近似于一场别开生面的演出。追光灯的光束对准舞台上方的十字架，一对父女缓缓出场。父亲宣示完女儿的信仰，将女儿的身体浸在小小的水池中。所谓福音派，并非对特定教派的称呼，而是表明一种宗教姿态。休斯敦第一浸信会教堂虽然属于福音派，但从教派的角度来说，这座教堂应当归属于浸信会派。对于反对婴儿洗礼的浸信会派来说，成人洗礼是礼拜活动的重要组成部分。

教堂的资深牧师格雷格·马特的传教风格也与传统的牧师形象不同。他身穿毛衣，头戴发套，在教坛上来回踱步，言谈举止类似于企业的首席执行官展示本企业的创造发明。

这一天的传教内容是"上帝与投资回报"（God vs ROI）。马特以《路加福音书》里"善良的索马里人"为例，将信仰的内涵解释为相信上帝，并且强调说明投资的收益并非只为索取。

环顾四周，有人在合目祈祷，也有人在热心记录，还有人在玩手机……看来聚拢到这里的人也不全是虔诚的信徒。

研究巨型教堂的华盛顿大学教授詹姆斯·威尔曼将巨型教堂举办的这种社会活动称之为"鸦片"。

他分析道，追求感官刺激的演出、高级牧师的说教、教友之间的默契……巨型教堂为参与者提供了一场声势浩大的宗教体验，人们通过参与一场盛大的宗教仪式收获了满满的正能量和幸福感。这便是在宗教渐行渐远的大环境下，巨型教堂逆流而上，有增无减的理由。

他最后指出："宗教活动发展到巨型教堂的规模，就像足球场一样产生无穷的精神力量，分泌出积极向上的情绪，与朋友分享，不停地征服人心。"

巨型教堂的统治结构

一个半小时的礼拜结束了，参与者开始分班活动。休斯敦第一浸信会虽是庞大的教会组织，但其内部按照教徒的不同身份和兴趣等化整为零，开展活动，让每个人都有面对面沟通的机会。

比如本章开头提到的牧师蒙顿，他负责组织的是由未婚者和离异者组成的班组。单身男女聚在一起更容易迸发强烈的婚恋火花。他们不仅一起学习《圣经》，而且每周都为这些善男信女举办联谊活动、怀旧派对和体育比赛等。

"其实我刚才还在婚礼现场呢！我每年都要为100对新人主持婚礼。"

我采访他的那天晚上，蒙顿正在休斯敦郊外的一家餐厅里主持舞会。从30岁到50岁的中年男女在乐队的现场伴奏下跳着集体舞。开始时大家还有点怯生，随后的气氛渐渐融洽，大家的脸上也露出了会心的微笑。

参与者不一定是休斯敦第一浸信会的信徒。"我平时在别的教堂参加活动。今天到这儿来，最好能够结识几个新教友。"来自其他教会的一位女教徒说。

"时代变了，如今什么事儿都变成了数据，人就坐在身边，却也用短信和他聊天。其实，渴望正常交往和互相走动的人越来越多。看来教会的存在价值今后应该越来越大。"蒙顿预测道。

一般说来，福音派重视家庭，信徒娶妻生子后也让孩子参加教会活动。为单身者创造见面的机会并不只是满足信徒的需要，从教堂的可持续经营来看，这样做是出于顺势发展的战略考量。

分班活动不仅有单身者，组织者还根据信徒的具体属性细分为"30岁以上的中年已婚者""56岁到75岁的已婚者""信众之间""幼儿园小朋友之间""小学生之间"等不同类别的班组，达到"大小并举"的目的。

巨型教堂需要有格雷格·马特这样的资深牧师作为自己的公关形象代言人。但是，只靠他一人的力量不可能让全体教徒和睦相处。因此，将教徒们细分为50～100人的班组，再配备一名牧师担任班主任。如此这般，让教徒们感觉亲切，仿佛置身于自家小镇的教堂。总之，这里给我留下的印象是，一座巨无霸的教堂怀抱着无数个小教堂。

在传统教会的信徒越来越少的今天，为什么巨型教堂的规模还在不断扩大？其中的一个原因是人口动态发生了变化。

20世纪60年代以后，美国南部地区的工业化一路发展，大量工人从中西部和北部拥到这里。随着他们的到来，城市郊区建起了大片住宅。在城市发展的进程中，教堂的大规模建设与城市的发展同步进行，当城里的商业街走向衰落，郊区的大型购物中心拔地而起的时候，教堂也已经升级为停车设施完备的大型宗教场所，让那些远离家乡教堂的人们趋之若鹜。

这种局面的形成，当然离不开巨型教堂付出的"企业式努力"。

许多巨型教堂为周末仍然上班的教徒着想，在周日举办多场礼拜的同时，平日的礼拜活动也采取一些体贴入微的亲民举措。有的教堂设立临时托儿所，让带小孩的教徒安心做礼拜。有的教堂还向移民无偿提供英语服务、医疗救助，开展如何办理在美签证的法律咨询活动。在美国，免费提供医疗服务对移民来说善莫大焉，哪怕是早期的简单治疗。

教会灵活开展职业培训的积极性也非常高。休斯敦第一浸信会教堂以班为单位为教徒们建立了"脸书群""照片墙"等。牧师马特发表的演讲能够立刻作为视频上传到教会的网站和脸书，教会所做的这些事情与企业文化如出一辙。

从侧面来看，巨型教堂重视的似乎不是信仰，而是在帮扶穷人和团结友善方面力图发挥更多的作用。

"耶稣显灵"

俄亥俄州哥伦布的巨型教堂——宾雅得·哥伦布教会——同样为移民无偿提供英语服务和医疗呵护，而且还为染有"药物依赖症"的人开展矫正康复活动。在制造业衰退的俄亥俄州，社会上滥服鸦片镇痛剂的"患者"急剧增加。为此，以拯救社会危机为己任的教会采取了积极的应对措施。

这项康复活动的负责人布雷特·加侬，曾经也是"药物依赖症"的患者。

自幼在哥伦布长大的加侬有多年的吸毒史。由于母亲嗜酒成瘾，无人照看的他从7岁起吸食大麻，12岁开始贩卖大麻和可卡因。当时他还没有吸食可卡因，但在他17岁那年因为朋友自杀受到刺激，开始吸食可卡因，而且很快又迷上了海洛因。

"后来的两三年，我一直吸毒。"加侬对我说。在这个过程中他也曾几次下定决心戒毒。在他因为种植大麻被关进监狱时还想："这回可以戒毒了。"可是牢狱之灾还是没有让他把海洛因戒掉。有一天，他问戒酒成功的母亲是怎么做到的，母亲告诉他是"耶稣显灵"，她向上帝祈祷，感觉上帝的存在，与上帝谈心，最后再也不想喝酒了。

"我并不十分了解这个世界，但我感觉上帝不是唯一的，需要在众神中去感觉耶稣的存在。"加侬接着说，后来他和母亲一起诵读《圣经》，不断重复上帝的箴言，终于摆脱了对海洛因的依赖。

"是基督教从我的心里取走了不良嗜好。"

就这样，加侬终于从那些因为吸毒致死的人群里回归了社会，具体过程不再赘述，说不定还真是"耶稣显灵"。现在，加侬不仅是这个康复项目的负责人，而且还用自己的现身说法开导那些受毒瘾折磨的人们。

宾雅得·哥伦布教堂的资深牧师里奇·内桑说："我们之所以成功获取了年轻教徒的信任，是因为我们为他们搭建了一个思考如何帮扶贫困和匡扶正义的平台，帮助他们建立起超越种族的相互联系。"

一般说来，出生在"千禧之年"的一代人，一方面对社会问题非常敏感，另一方面对教堂反对人工堕胎和LGBT（英文缩写，指女同性恋者"Lesbians"、男同性恋者"Gays"、双性恋者"Bisexuals"、跨性别者"Transgender"）的宗教保守思想敬而远之。教会也在努力淡化自己的宗教色彩，以便吸引更多的年轻人入教。

让这种战略思想变为现实，依靠的也是扩大教堂的活动规模。在美国哈佛大学负责培养牧师的苏格兰·萨玛说："由于巨型教堂规模宏大，多时段的礼拜和丰富多彩的活动，让教徒们有了充分的选择余地。"

假日里聚集七八千人的休斯敦第一浸信会

至于其他因素，值得一提的还有带有娱乐色彩的美国新教徒。

解读美国宗教史，可以发现一批似乎从美国职业棒球大联盟摇身变为传道士的人物，比如比利·桑德。他们被信仰唤醒后利用自己的口才开会传道，传播福音。说起桑德其人，听说他当年经常在教坛上手舞足蹈发表演讲，其激烈程度超过如今巨型教堂的说教。正是桑德他们这批人，率先动用了包括电台传教和电视传教在内的当时最先进的传媒技术，开了"媒体传教"的先河。如果说这本来就是一档大众娱乐节目，那么，教徒们对这种过度表演表示欣赏的理由也并非难以理解。

如此看来，巨型教堂不断壮大的原因众说纷纭。但是，巨型教堂特有的轻松环境已经融入当今社会，这一点无可厚非。

"小时候，我去教堂时必须身穿正装、连裤袜，而我不想穿，所以经常和母亲闹别扭。比起那个时候，我觉得现在的环境宽松多了。"正如舞会上的一位妇女所说。

来到巨型教堂的许多人着装非常随意。做礼拜时基本上来去自由，对于中途退场的人及其所属教派不闻不问。其实，在我的采访对象里也有几位以前是天主教徒。

据美国皮尤研究中心统计，在金融危机爆发前的2007年和其后的2017年，回答为"无宗教"的美国人从16.1%增加到22.8%。另有许多人相信上帝但不去教堂。然而，阳光灿烂的巨型教堂仍有其发展的广阔空间，因为无论什么时代总有人因为家庭、事业和人际关系之类的矛盾情绪低落，巨型教堂恰好成为他们排遣忧愁烦恼的心灵归宿。

休斯敦第一浸信会教堂的路越走越宽，其发展背景里也有城市规模的不断扩大和天灾人祸给人们带来的不安。

"重聚美国" 的福音派

在过去的20年间，随着经济的增长和页岩天然气革命的发生，移居到休斯敦城市圈的人口迅速增加。然而，2008年的那场金融危机以及石油相关企业的下岗失业现象，让休斯敦地区的社会形势动荡不安。其间，2005年的"卡特里娜"和2017年的"哈维"等飓风灾害，严重破坏了当地居民的正常生活。

面对自然灾害，休斯敦第一浸信会教堂等巨型教堂无疑是人们首选的避难场所。其实，当飓风"哈维"袭来时，前期的抢险救灾活动基本上是由教会组织的。

目前，这座巨型教堂的活动规模正在以每月净增100人的速度继续扩大。这些成就的取得不仅是因为教堂组织了大规模的礼拜活动和教徒们喜闻乐见的活动，而且还在于他们想方设法一丝不苟地满足或者说迎合了每个教徒的具体需求。

"从我16年前开始参加这个教会的活动一直到今天，尽管休斯敦发生了许许多多的事情，然而基督教的信条没有变，我们与现实社会仍然息息相通。在这期间，几位新来的拥有专业知识的牧师，让这个教会有了新的起色。"休斯敦第一浸信会教堂的牧师杰雷尔·阿尔特克这么说。

放眼整个美国，所有教会的信条都没有变。宾雅得·哥伦布教堂所在的俄亥俄州出现了制造业衰退、移民剧增和家庭解体等各种社会矛盾，而每当这些矛盾尖锐化的时候，当地教会总是全力以赴，向社会伸出援助之手。

传统的中小型教堂日趋荒废，积极满足社会需求的是巨型教堂，支撑起一张扶贫济弱的安全网。虽然美国社会的这种格局并非始于现在，但在各种社会矛盾日趋增多的今天，巨型教堂的作用开始凸显。在人们的生活圈里，如果互相帮扶的老传统逐渐回归，这种社会格局理应受到人们的欢迎。

得克萨斯州休斯敦巨型教堂内，每逢周末聚集数千名信徒

　　当然，这些善意也反映了他们吸收教徒的初衷。在现场接受采访的人们都是一样的好人，就我个人而言，因为有过陷入新兴宗教的经历，所以对这类善意没有直接采信。在美国上下正在远离宗教的过程中，我也无意指出巨型教堂是维系美国社会的唯一正解。

　　人们心目中的教会，本来就应该是植根于生活的共同体。在某种意义上，我甚至想把巨型教堂比喻为人流稠密的商业街，因为它已经与区域社会脱节，与传统意义上的教会有着本质上的区别。

这就是恪守《圣经》的教诲，让美国的社会舆论一分为二的始作俑者——巨型教堂和福音派教会。然而，有光明的地方总有人们聚拢，支撑区域社会的基本框架还在。继续观察教徒和教会的表现，看看是否因为教会的存在，能够让整个美国重新凝聚。

第十三章

...

贫困VS原住民

在黑暗中困惑的印第安人

📍亚利桑那州塞尔斯

在亚利桑那州与墨西哥接壤的边境附近，有一个奇特的部族用自己独有的"护照"在边境线上来来往往。这就是有名的"沙漠里的人"——托赫诺奥哈姆族（Tohono O'odham Nation）。

　　数百年来，他们在索诺拉沙漠过着游牧生活，然而，国家划定的边界撕裂了这个部族的生活圈，如今，他们依然在遭受贫穷和酗酒等恶习强烈冲击。

　　一个被国家愚弄过的部族出现在采访组的面前……

这是一个令人不可思议的场景。

从亚利桑那州图森市朝着西南方向驶出100千米左右，便是一片荒芜的沙漠，插在地上的无数根木桩和铁丝网一直延续到远方。一个胖墩墩的乌发男人走到挂有轮胎的铁栏杆前，用力推开一扇门，直接走到门的另一侧。

"我这里已经是墨西哥了。如果你们也过来，可就回不去啦！"男人说完，又回到我们这边。

蹲守在远处的边境警备队士兵朝这边望着，一副熟视无睹的样子。

这里是专门为托赫诺奥哈姆族开辟的便门，一个在谷歌地图上找不到的小小边卡，从部族"首府"塞尔斯南下约有半个小时的车程。普通的美国人和游客过境，必须到20英里（约为32千米）以外的萨萨贝口岸办理出入境手续，如果从这里随便出去，不得再次入境。

从周围的风景里分辨不出是美国还是墨西哥，呼吸的空气也是一样的。趴在门上伸手便能触摸到那一侧的草木。一听说从这里出去就进不来了，我才幡然醒悟，感觉到这里有一道看不见的墙。

　　上午9时，这里的气温已经超过30摄氏度。我真想从这道门里走出去试试，可是从这里走到萨萨贝口岸，我实在吃不消。

　　托赫诺奥哈姆族是亚利桑那州21个原住民保留地之一。"Tohono O'odham"在奥哈姆的语言里是"沙漠中的人"的意思。在几千年的漫长岁月里，他们一直在横跨美国和墨西哥的索诺拉沙漠里过着游牧生活。

　　他们的保留地是一片灌木丛生的荒野。然而，这一大片足以把纽约旁的康涅狄格州全部装进来的土地让他们感到自豪。因为在所有的原住民保留地里，托赫诺奥哈姆族的"领土"面积位居第三，仅次于横跨亚利桑那州、新墨西哥州和犹他州的纳瓦霍部族和犹他州的犹他部族。奥哈姆部族在世界上共有2.4万人，而在这个地区生活的不到1万人，不及整个部族人口的一半。

托赫诺奥哈姆族议会的副议长
帕隆·霍塞

　　刚才从门里出来进去的那位乌发男人名叫帕隆·霍塞，是托赫诺奥哈姆族议会的副议长。

　　包括托赫诺奥哈姆族在内的原住民保留地与联邦政府和州政府一样，设有行政部门、立法和司法机构。立法机构的议会议长和副议长由议员选举产生，所以严格说来，这里与通常的地方选举还是有所区别。霍塞的地位相当于这个部族的副总统。

　　整个部族分为11个行政区，

每个行政区可以推选出2名议员。由于当初他们是被迫移居到联邦政府指定区域的，所以，原住民居住的区域也被人们称之为"保留地"（Reservation）。

为什么只有霍塞他们能够在边卡自由出入呢？原来，他手里有托赫诺奥哈姆族发行的特别部族通行证（相当于护照）。说起发行通行证的理由，这里面还有一段他们被国家愚弄的往事——

想象中的边境线

托赫诺奥哈姆族的历史悠久。从图森和塞尔斯保留的古迹里可以看到，他们的祖先早在4000多年前就在这个地区放牧。据当地传说，当年，东起新墨西哥州，西至科罗拉多河口，北起亚利桑那州的弗拉格斯塔夫，南至墨西哥索诺拉州的埃尔莫西略，都属于托赫诺奥哈姆族游牧的范围，他们的祖先不知疲倦地寻找水源、牧场及适合农耕生产的生存环境，渐渐迁徙到这片广袤的土地上。

公元14世纪到16世纪，阿兹特克帝国在墨西哥中部崛起。霍塞告诉我："传说中阿兹特克帝国的故乡阿兹特兰位于北方，所以，我们现在生活的地方就是传说中的那个'北方'。"

从气候湿润的日本来到这里的人根本想象不到，在索诺拉沙漠里居然有水、谷物和水果，还有白尾鹿、西貒（类似野猪）和野兔等多种野生动物。他们把这些动植物看作是神的恩赐，神让这个部族在这里得以繁衍生息。

"上帝创造了光明。是神把托赫诺奥哈姆人圈在了这里。神把我们派到这里不是让我们拥有，而是命令我们守护这片土地。"

正如霍塞所说，他们属于大地，而不是大地属于他们。因此，有关土地所有权的说法在他们的辞典里是不存在的。

然而，美国的狼子野心继续膨胀，托赫诺奥哈姆族延续几千年的游牧生活也不得不随之改变。尤其是1853年发生的"盖兹登购地"事件将他们的生活圈一分为二。

在1846年～1848年美墨战争中获胜的美国，从墨西哥得到了加利福尼亚州、内华达州、犹他州和科罗拉多州等大片土地。而且，贪得无厌的美国反手又砍一刀，用1000万美元从墨西哥政府手里买走了亚利桑那州和新墨西哥州的一部分，史称"盖兹登购地"。

部族生活的区域原属于墨西哥领土，边境线因"盖兹登购地"而变更，结果正好画在托赫诺奥哈姆族生活圈的正中央。从此，他们的生活区域被这条长达60英里（约为96千米）的边境线分割为美国部分和墨西哥部分。

"后来，加利福尼亚州发现了金矿，许多白人又拥向西部。但是，在严寒的冬季里翻越落基山脉，对于这些白人来说比登天还难。于是，他们又开始觊觎交通便捷的南部路线，最终与墨西哥政府做成了这笔交易，根本没有和我们部族商量。"霍塞这么说。

正如霍塞形容的那样，这是一条凭空想象的边境线。对于托赫诺奥哈姆族来说，这条边境线只不过是人为添加的，是国家之间力量抗衡的结果。然而，这条无中生有的边境线却彻底割裂了他们的生活和文化。

目前，托赫诺奥哈姆族有2000人住在墨西哥一侧，他们中间的大部分人在边境的两边有亲戚、有祖坟。为了享受良好的教育和医疗服务，祖祖辈辈生活在墨西哥的其他部族也有不少人投靠了定居在美国一侧的托赫诺奥哈姆族。

这些部族最重要的传统节日依然横跨在两个国家之间。

托赫诺奥哈姆族的新年设在公历每年的7月初，其时酷暑难耐，有几天的气温甚至超过45摄氏度。狂欢的舞台设在墨西哥一侧，他们裹着厚如毛毯的衣裳，佩戴镶有玉石、贝壳和羽毛的披挂，不分昼夜，载歌载舞。

10月的第一个星期是"圣弗朗西斯巡礼节"。据说在这个节日期间，每年都有数百名部族人越境，他们用四天时间逐一访遍墨西哥的教堂。他们还有一个习俗，思春期的年轻人前往150英里（约为241千米）外加利福尼亚湾的皮纳卡特火山取盐，取回的盐用于部族举办的各种仪式。

说实在的，直到20世纪80年代以前，托赫诺奥哈姆族在边境上几乎是畅通无阻的。虽然设有边卡，但管理宽松，自由往来不成问题。但是后来毒品流入增多，2001年又发生了"9·11"恐怖事件，受其影响，美国对边境的管控越来越严。到了2006年，美国为了防止贩运毒品和运送非法移民，开始在边境线上设置禁止车辆通行的路障。

萨萨贝和卢克维尔等正式口岸离部族保留地较远，如果边境管理过严，势必造成区域间往来中断的后果。因此，美国政府将部族保留地的边境口岸缩减到三个，同时网开一面，为托赫诺奥哈姆族发放专用通行证。如今，"特朗普墙"的修筑计划正在

图霍诺·奥哈姆部族保留地的边境线上设置的路障

动摇这个部族生存的根基。

特朗普主张加强边境管理，并且把筑墙当作加强管理的手段之一。然而，如果边境墙一旦落成，原本想象中的边境将成为名副其实的障碍，居民往来肯定受阻，上帝托付给他们的大地，包括动植物在内的生态环境，将面临严重的威胁。正因为如此，托赫诺奥哈姆族的人们坚决反对特朗普的筑墙计划。

对于路障的设置，部族内部也曾有过反对意见。其实，所谓路障也只不过是一道低矮的隔离网，并没有阻碍野生动物的往来。后来他们之所以表示同意，也是出于路障没有给自然环境和野生动物带来影响的判断。但是，这路障一旦变成"墙"，这件事情的性质也就变了。

"如果在你家院子的正中间砌一堵墙，你肯定无法在家里活动了吧？一个道理！托赫诺奥哈姆族的长老们早就说过，再也不能让联邦政府糟蹋这片土地了！所以，我要继承长老们的反抗精神，不许他们筑墙。哪怕就剩我一个人孤军奋战，也不能让他们得逞。"

为了就边境问题与联邦政府进行交涉，霍塞给总统发过一封邀请函，请他到部族保留地100千米的边境线上走一走，只是特朗普一直没有露面。

即将消失的部族保留地

采访组离开边境的那扇生活之门，坐着霍塞的车，沿着边境线一路向西。左侧的隔离墙和路障绵延不断。汽车在坑坑洼洼的干枯河道上穿行，大约在20分钟后，隔离墙不见了。眼前出现一座半高不高的岩石山，乘车无法翻越这个天然要塞。

美墨边境全长超过3000千米，沿途不乏蒂华纳和圣迭戈之类的大城市，然而绝大部分地区人烟稀少。即使把墙筑起来也难免有人越墙而过或者从地洞里钻过去。所以，除了为后代刻下一段历史的见证，筑墙是没有意义的。

环视周围，发现一种名叫"Tepary Bean"的野生菜豆。据说这种菜豆耐热耐旱，曾经是"沙漠人"不可缺少的蛋白质来源。

在部族生存的这个区域，每年七八月间，雷雨夹杂的风暴从天而降。雨水淹没道路，人们无法出行，部族的祖先们便在这个季节里利用雨水人工栽培菜豆。这种菜豆在发芽阶段要求土壤水分充足，一旦发芽便开始疯长，在干燥的环境里也能结果。于是，菜豆便成了托赫诺奥哈姆族几千年来在索诺拉沙漠里生存的救命粮。

他们还把沙漠里的花草作为草药，用来煮水泡脚治病、泡茶养生。自然环境虽然特殊，但他们因地制宜，以行之有效的方式奠定了农业基础。从这个意义上说，有点类似于日本的大山深处。在这个丰富的自然环境里，托赫诺奥哈姆族的人们渐渐有了自己独特的语言，并且培育出舞蹈和音乐等民族艺术的花朵。

其实，托赫诺奥哈姆族的传统生活在悄然消逝，这个古老的民族已经从内部开始逐渐瓦解。

开诚布公地说，这个部族的问题根源在于贫困和依赖。

让霍塞感到自豪的是，美丽的索诺拉沙漠一如既往，将大地的恩泽源源不断地奉送给托赫诺奥哈姆族的人们。然而，这片远离繁华的都市、没有就业可言的边境地带，已经被经济发达的美国社会彻底抛在了身后。失去劳动欲望的人们要么坐等救济，要么嗜酒成性，还有不少人陷入美式快餐的生活怪圈患上了糖尿病。

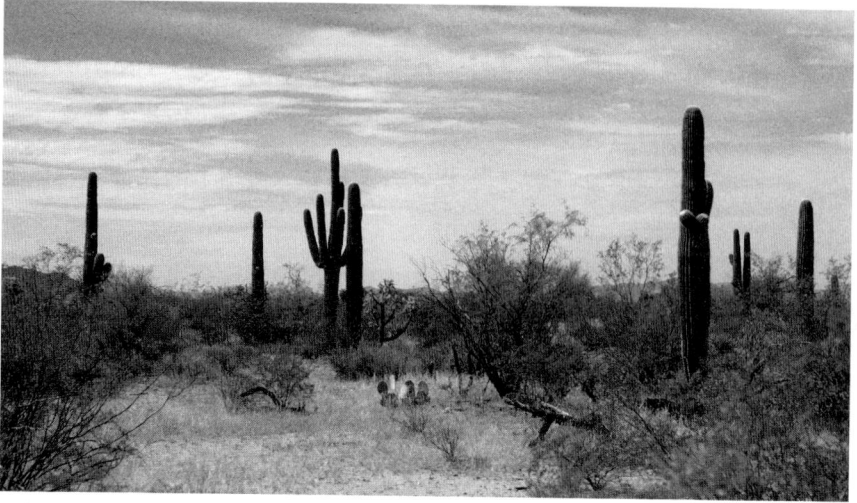
部族保留地的周围是典型的亚利桑那风光

看看部族的经济指标，他们的惨淡生活一目了然。

据"美国社区调查"（American Community Survey）统计，2012年~2016年托赫诺奥哈姆族的失业率为28.2%，为同期全美失业率7.9%的近4倍，比其他原住民保留地的平均值高出1倍以上。许多人找不到工作，劳动参与率为52.5%，低于全美平均值10个百分点。家庭收入的中值为25430美元，是全美平均值的2/3，贫困率也相应达到了45%。

"这些都是我们必须解决的问题！"霍塞手握方向盘说道。

嗜酒成性的多明戈

开车从塞尔斯出发，西行大约一个小时便到了比西尼莫。生活在这个小镇上的诺玛·多明戈年近半百，多年来嗜酒成性。

她13岁时喝了第一口啤酒，14岁时有了第一个孩子，18岁时又怀上了二胎。24岁那年发生了一件事——她目睹了自己的情人猥亵自己的女儿。此后，精神崩溃的多明戈整天沉溺在酒里。

她一度不能抚养孩子，孩子便由其他姐妹照顾。后来有一段时间她把酒戒了，可是35岁以后，她喝了戒、戒了喝，反复折腾到现在。

"为什么非喝酒不可？"

"我亲眼看见当时的男友糟蹋我9岁的女儿。她才9岁啊！我无法忍受这个现实，喝酒的毛病再也戒不掉了。"

"其实，你很早就开始喝酒了。"

"我觉得喝酒的原因是这个地方太枯燥、太憋屈，所以大家都喝。"

"顺便问问，你喝的是什么酒？"

"最初喝的是百威。后来喝莫托·力卡（酒精含量高的啤酒），现在喝的是斯蒂尔·力扎普（酒精含量高的廉价啤酒）。"

"家人呢？"

"母亲在我1岁的时候去世了。父亲开过一个小加油站，卖食品、加油、修理轮胎。父亲和哥哥都是酒鬼。"

"他们现在在哪儿？"

"父亲去了养老院，哥哥已经不在了。"

"你现在干些什么？"

"什么都不干。必须照看这个孩子（指她的孙子）。如果工作的话，我想当大轿车司机，以前也开过。"

我采访到多明戈，是因为我先认识了她的另一个孙子——正在塞尔斯城市学院上学的迪埃拉。当时我和迪埃拉商量，请他替我物色一个嗜酒成性或者吸毒的居民，他说自己的祖母就是这类人。我问过电话号码，后来一联系，多明戈自己也乐意接受采访。

在日本如果被人问起"酒精依赖症"，总感觉难以启齿，家丑不可外扬。可当我看到迪埃拉满不在乎的样子时，顿时觉得托赫诺奥哈姆这个部族酗酒成风，已经到了不以为耻的地步。其实我还问过这里的其他人，结果家家都有酗酒的亲戚。

部族里蔓延的坏习气不仅有酗酒，还有吸毒。2006年以前边境上还没有禁行车辆的路障，载有毒品和非法移民的车辆不断开进这里。

从美国海关边境保护局的数据里看到，2000年在边境地区的图森附近逮捕的偷渡者，达到了61万人的峰值。其后的5年间平均每年有30余万。据说到了2017年，这个数字为3.8万人。从这里可以看到当年的情况。

贩运到这里的大部分毒品是为了满足加利福尼亚和纽约等地的需求，当然也包括为了消愁解闷而染指毒品的当地居民。结果，毒品在托赫诺奥哈姆族内部不断泛滥。听多明戈说，目前这里倒卖毒品的现象仍然比较普遍。

"听说不只是酒，吸毒成瘾的人也不少，是吗？"

"最近没那么严重。不过，我知道现在还有许多人在倒腾毒品。"

"他们都是从哪儿搞到手的？"

"只要想要，就有人送货上门。他们互相都认识。"

"警察呢？"

"报警也没用，警察里有他们的人。再说，从塞尔斯到这儿路远，警察还没到，他们就都跑了。"

"就业难"与毒贩子

毒品不仅毁了大人，还泛滥到了孩子身上。

"我发现，依赖毒品的不仅有大人，还有和我一样的学生，或者更小的孩子。"在塞尔斯的巴博基瓦里高中上学的达尼埃尔·马尔凯斯说。

由于他的父母都吸食兴奋剂，而且嗜酒如命，所以他两岁时便离开了父母，是在祖父母身边长大的。

那些没有固定职业的人，有的靠加工制作印第安首饰，有的靠经营墨西哥卷饼的小饭馆赚钱。

我在塞尔斯街头问过一位中年妇女，她的恋人是制作印第安首饰的工匠，她在街头的煎卷饼摊帮忙，两人每周能有300美元的收入。在塞尔斯的纳扎廉教堂，牧师利朗多·康威也搞起副业，开了一家比萨店。

说起这位牧师，他曾经在部族保留地办过一所基督教教会学校，因为妻子去世，他把学校关了，收入少了一半。教堂不付给他任何报酬，他的收入只有养老金，为了赚点零花钱，他在教堂旁边办起这家比萨店。

"就业难"加上手头没有现金，有的居民开始贩毒。

康威对我说："我有个朋友因为贩运几千克毒品被警察抓走了。问她能挣到多少钱，她说能挣1万美元。就这样，她成了毒贩子。一次两次也许没事儿，可是总有被逮住的时候。"

"就业难"的主要原因大概是因为这里地处亚利桑那州的最南端，距离最近的大城市图森驱车需要一个多小时，而且路况不好，沿途有许多岩石和仙人掌，有的地段连手机信号都没有。由于基本设施薄弱，难以招商引资，用工单位只限于警察、消防和医疗福利机构等公共部门，还有四家赌场。

　　没有企业到这里投资建厂，也是当地人因循守旧酿成的后果。

　　"我们的大门始终是对企业敞开的嘛！"霍塞是这么说的，然而等到真正开始建厂的时候，厂商与当地及议会的协商，牵扯到供电供水和道路投资等一大堆问题，互相沟通过程令人头昏脑胀。尽管也曾有企业被这里大片的土地和低廉的人工费所吸引，可是终因交涉的时间和精力耗费太多而拂手而去。

美墨边境的栅栏

　　坦率地说，部族的经济状况虽然严峻，但是预算也从未枯竭。四大赌场是部族的主要财源，成立社区学院、筹措医疗器械、修建预防糖尿病的健身设施等，全靠赌场的收入。部族保留地长达数百英里的道路整修也是用赌场的收入完成的。

再进一步说，这里也并非全然没有就业岗位，在议会里就有虚位以待的就业机会。但是，能够在这里任职的人需要有一定的资历，现实中没有这方面的人才。即使能够满足招聘条件，也还存在一个本人想不想干的问题。

我到托赫诺奥哈姆族保留地西端的赌场参观过，负责安保的是部族人，他身旁正在赌钱的也是部族人。我在日本时也常去多摩川、和平岛赛艇，平时在那里的大部分人是随便玩玩赌几个小钱的退休老人，而在这个赌场里赌钱的年轻人居多。

如今这里习惯搭便车出行的人也多了起来。其实，如果自己有车的话，可以选择去图森当"优步"司机。如果精通部族的传统文化，向游客推销索诺拉沙漠草药的养生产品也是一桩不错的生意。然而，如果对外界一无所知，创新思路则无从谈起。看来"无知"才是影响这个部族经济发展的最大障碍。

同化政策的牺牲品

毫无疑问，目前导致这个部族生活困难的原因还包括人们淡薄的教育意识。许多父母认为孩子高中毕业已经足够，对继续上大学的问题漫不经心。目前，持有高中以下文凭的人只占部族全部人口的43.9%。

如果常年生活在与城市隔绝的地方，自己也会认为永远生活在这里是命中注定。嗜酒成性、吸毒成瘾的恶习不断蔓延，孩子生活在荒诞的家庭环境里无法安心读书。事实上，有不少孩子是由祖父母和亲戚抚养或者在福利院里长大的。

巴博基瓦里学区向无家可归的孩子提供食品、衣物以及淋浴等必要的生活条件。我顺便看了一眼学校里的库房，除了通心粉和奶酪之类的食物，还有号码不一的鞋袜，据说都是社会捐赠的。即便在暑假期间，学生们来到学校也能吃到早饭和午饭。

巴博基瓦里学区的教育长埃多娜·莫丽斯说完，轻轻叹了口气。

"生活在这种恶劣的家庭环境里，孩子们的心理几乎都不太健康，沉重的心理负担至少让孩子无法专心学习。"

习惯了部族生活的孩子们即使上了大学，也需要重新接受来自外部世界的另一种考验。

20世纪80年代，这里的大学升学率一度有所提高，但有多数学生走进大学后因为不能适应城市生活，一个学期尚未结束就中途退学了。在这些自幼生活在大自然里的孩子们眼里，图森、菲尼克斯等城市是一个完全不同的世界。对于这些长年生活在平淡无奇的部族里的孩子们来说，这个世界太刺激了。

教育意识的缺失和荒废的家庭环境等各种因素纠缠在一起，不断酿成了部族的贫困。

至此，我们的采访镜头始终聚焦在托赫诺奥哈姆族出现的社会问题上。然而，这些问题的出现与美国政府的罪孽有着逃脱不掉的干系。部族人妄自菲薄的懦弱性格多半源自这个国家的历史。

18世纪的美国独立战争（1775年～1783年）爆发以后，入侵的白人殖民主义者企图一口吞掉这片富饶的土地。他们一路向西挺进，沿途不断扫荡部族的抵抗。占领俄克拉荷马州等西部的部族保留地以后，采取一系列政策和措施迫使原住民逐步同化乃至融入白人社会。第七任美国总统安德鲁·杰克逊签署的《印第安人迁移法案》让这种做法暂告结束。

其后，密西西比州以东的原住民部落迅速向西部迁移，随着白人开拓西部的呼声越来越高，政府出面没收土地，农场主的强征暴敛等恣意践踏部族保留地的事件接连发生。其中典型的例子是苏族（Sioux），美国政府曾经保证那片保留地属于苏族"不可侵犯的领土"，然而由于当地发现金矿，大片的保留地被白人强行没收，苏族最终深受其害。

联邦政府的强制迁移和同化政策让许多原住民部族元气大伤、一蹶不振，丧失了自立自强的民族精神。

几千年来，生活在索诺拉沙漠的托赫诺奥哈姆族虽然与政府的强制迁移无关，但是，美国的保留地政策让他们的"领土"大幅度缩水。从19世纪下半叶到20世纪初，美国三次颁布总统令，扩大印第安人的保留地面积，而当初留给他们的保留地只不过是现在的1/10。

托赫诺奥哈姆族的人们用自己赖以生存的土地、尊严、被剥夺的民族精神和沦为失败者的历史，换来了微薄的养老金。这便是他们穷困潦倒、教育缺失，乃至自甘堕落的根源所在。无论是现在还是过去，他们被国家愚弄的处境始终没有改变。

希望的曙光

生活在边境地区的部族在看不到出路的黑暗中挣扎，变化中的原住民意识是部族发展的一线希望。

竖立在塞尔斯路边的"MONDOS"是一家饭馆的招牌。这个用各种建材拼搭起来的窝棚，经营的是墨西哥风味的卷饼和玉米饼等传统小吃，八年前开业以来一直深受当地人的欢迎。

店主马尔曼多·冈萨雷斯，多年在外地从事协管员工作，为生活困难者提供服务。他这次返乡的原因出于对家乡的眷恋。他的母亲、祖母和曾祖母都当过厨师，他之所以做起餐饮生意，主要是她们熏陶的结果。

"我回家后一直想干点事情。想到自己的家族传统，觉得餐饮行业挺适合我的。"

霍诺·奥哈姆部族保留地的饭铺"MONDOS"。原住民居住地的经济形势虽然严峻，却也形成了小规模的商业活动。

他当初的愿望就是回家，至于生意能否干成，他也没有十足的把握。东拼西凑简单搭起了这个窝棚，也是因为他不想有过多的投入。结果开业以后虽然谈不上买卖兴隆，却也经营得风生水起。

"这里也完全可以做成生意。"这是冈萨雷斯得出的结论。

其实，这家饭馆的开张营业还让人重新意识到一个常理，即通过雇用员工，让钱在区域内部周转的重要意义。冈萨雷斯的饭馆每天雇人帮忙的时间只有一两个小时，临时工挣的钱虽然不多，但他们拿到现钱后开始到当地的其他店铺消费。最初雇来帮忙的人只有一两个，随着用工的增加，落在当地的钱也逐渐多了起来。

受到冈萨雷斯的启发，一些居民开始摩拳擦掌，跃跃欲试。

塞尔斯的街头依然显得那么悠闲，不时冒出几家咖啡馆、充气式儿童乐园之类的小型商业设施。城市经济尚属于微循环阶段，发展速度迟缓。毫无疑问，亚马逊电商在这里创办的物流中心经济效益最好，而区域内资金循环的"飞轮效应"也在逐渐显现。

学校教育也正在改善。

巴博基瓦里学区的教育长莫丽斯继续完成前任教育长推行的责任制改革，努力改善原住民部族教育的现状，首当其冲的是改善教师待遇。

十年前，小学生的出勤率低至70%，还有许多孩子经常逃学。教师对这种现象放任不管，学校里也从来没有规定过教学标准。学生在教室里乱写乱画，窗户上找不出一块完整的玻璃。

"教师不把孩子放在心上，孩子们也没有意识到学校是属于自己的。"

前任教育长和莫丽斯发现教育崩溃的关键在于教师质量。于是，他们分段提高招聘教师的工资待遇。从最近的图森市到托赫诺奥哈姆部族保留地驱车一个半小时，包括往返路途和在校工作，一天占用教师的时间超过12个小时。本来环境就十分艰苦，如果薪金偏低，更没有优秀人才愿意到这里工作。

亚利桑那州的教师平均年薪为3.4万美元，而莫丽斯刚到这里上班时远没有达到这个平均数。自从有了联邦政府的补贴，一个大学刚毕业的教师，他的起薪已经提高到5.16万美元。单就起薪而论，这里的教师工资在亚利桑那州是最高的。为解决教师上下班的问题，学校还专门开通了wifi覆盖的通勤巴士。

巴博基瓦里学区的一系列举措收到了明显的效果。

十年前70%的小学出勤率如今上升到92%。高中毕业后志愿上大学或高等专科学院的学生达到毕业生总数的80%。为了解决年轻人因为不适应城市生活而重返部族的问题，学校还专门为那些在城市里读大学的部族学生配备了心理辅导员，选择升学的大部分青年终于能够坚持到毕业了。

"出勤率上去了，说明在孩子们心里上学已经是一种乐趣。孩子们开始感受到老师处处都在替他们着想。"莫丽斯说。

孩子的思想意识也出现了变化。

17岁的苏吉·格尔希亚就读于巴博基瓦里高中，她准备高中毕业后到华盛顿特区的高等院校攻读刑事司法，立志在托赫诺奥哈姆族保留地当一名专门侦破杀人案的刑警。据她说，有不少原住民妇女失踪案最后都没有破案，她想通过破获这些刑事案件，为当地的发展贡献一分力量。

"我的父母和爷爷奶奶，由于历史的原因都放弃了上学的机会。我们这一代人也曾有过令人伤心的过去。不是有人认为土生土长的美国人不像其他民族的人那么优秀吗？可是，现在不一样了！几乎所有同学都下定决心，高中毕业后继续上大学。我一定要坚持上完高中，绝不半途而废，等到大学毕业后，我也要过上好日子，给这里的年轻人做出榜样。"

与她在一起的三个高中同学也都想上大学。

我不知道这些孩子们能不能顶住外部世界的巨大压力，想不想回乡报效部族，但我知道，一个国家和社会不可能在一夜之间改弦易辙。当这些孩子们毕业归来，构筑进步与传统和谐的时代文明之时，不正是托赫诺奥哈姆族重现"沙漠人"曾经有过的辉煌之日吗？尽管一切都还需要时间，但是，除此以外别无希望。

托赫诺奥哈姆族的墓地

第十四章

高新企业VS流浪汉

硅谷里的贫民区

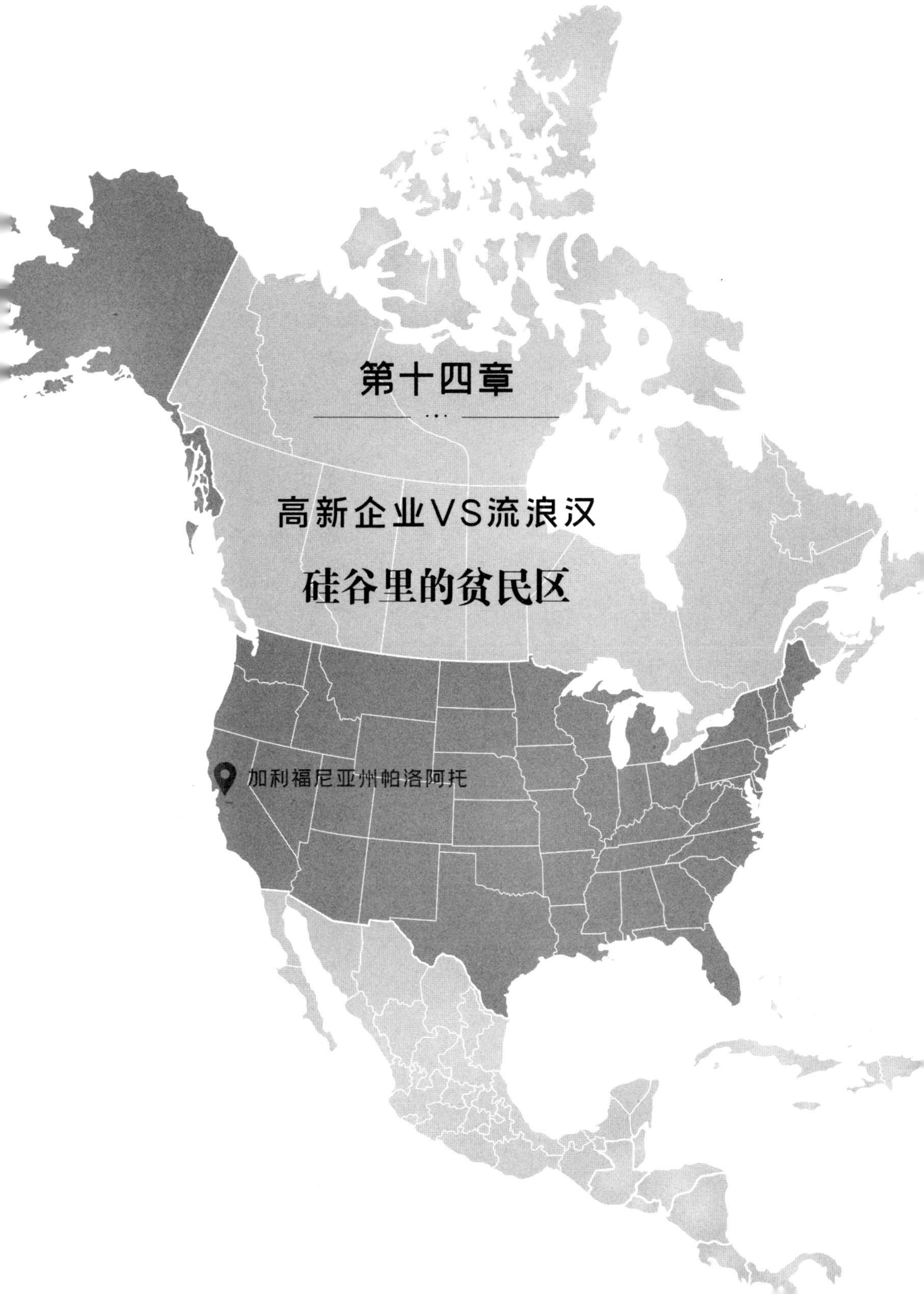

全球高科技创新产业的中心——硅谷。

这里是世界首屈一指的高科技产业基地，苹果、谷歌、脸书等高新技术企业将总部设在这里。

然而，在这群星荟萃的硅谷一角，另有一个与硅谷形象极不相称的城市——东帕洛阿托。

现在就让我们透过这里的日常生活，了解这个渴望成为硅谷却又被硅谷愚弄的城市吧！

从旧金山到圣约翰，斜穿海湾地区的硅谷大动脉——美国101号国道。

刚好在里程过半的地方离开主路，从宜家、家得宝等商家云集大型购物中心旁边经过，继续向北前行1千米，一家外表黄灿灿的平房餐馆映入了眼帘。"Taqueria La Cazuela"是桑切斯夫妇经营的墨西哥风味餐厅。

饭馆周围栽种的鲜花五彩纷呈，给破旧不堪的街区增添了几分艳丽。轻风从露天的就餐区吹过，令人神清气爽。

上午 8 时 30 分的墨西哥餐厅

来到这家餐厅，只见常客们进进出出，络绎不绝。这些食客逢来必点的是卷饼和玉米饼之类的墨西哥小吃。不过，到了午饭时间也有海鲜和西餐之类的套餐。

"最受欢迎的是妻子的老家米却肯州风味的辣椒肉馅玉米卷饼。顾客里不仅有家住附近的墨西哥人，脸书和亚马逊的员工们也经常光顾。"餐馆老板葛布里埃尔·桑切斯说。听说前不久，脸书的首席执行官马克·扎克伯格也曾来过。

周围推出墨西哥小吃的餐馆数不清，然而，桑切斯餐厅每个1.5美元低价的卷饼以及让墨西哥人吃起来大呼过瘾的味道，是其他餐馆望尘莫及的。

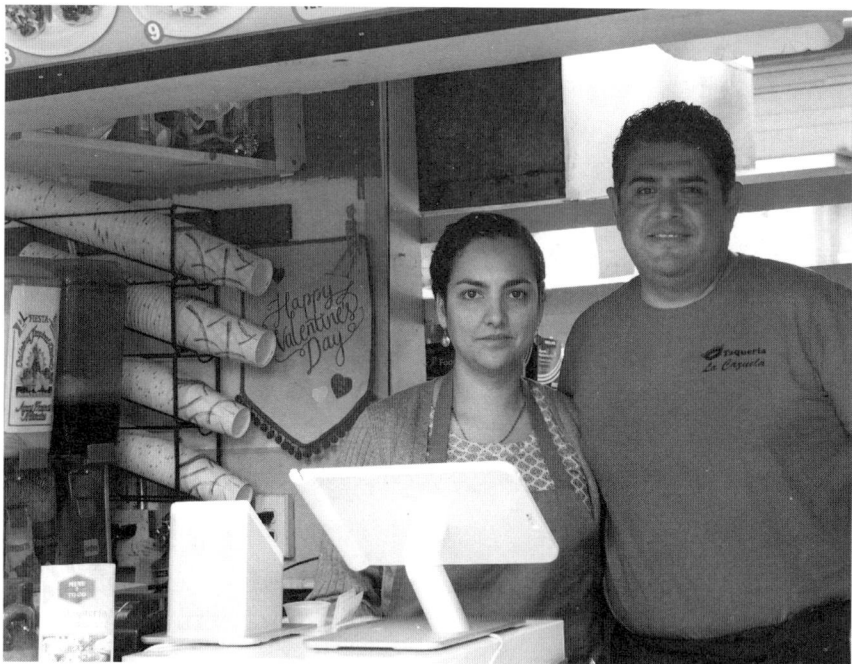

在东帕洛阿托经营墨西哥餐馆的桑切斯夫妇

说起桑切斯夫妇来到东帕洛阿托的理由很简单，为的是追求"美国梦"。丈夫葛布里埃尔在墨西哥有过一份稳定的工作，14年前丢掉了。

当时的墨西哥还没有外国汽车企业进驻，当地用工的地方不多。于是，他为了养家糊口决定移民美国。选择定居在东帕洛阿托是因为这里的房租便宜。

当年的东帕洛阿托属于危险地区。毒贩子到处闲逛的大街上，车内洗劫和盗窃案频频发生，因暴力团伙之间枪战而横尸街头的暴力事件时有发生，"晚上6点以后非不得已不宜外出"。

葛布里埃尔不会说英语，也没有大学文凭，来到美国后开始在邻近的门洛帕克的商务酒店打工。他和其他移民一样，除了低收入的体力劳动，别无选择。当时的墨西哥没有工作岗位，贩毒团伙的内讧让社会治安每况愈下。所以，葛布里埃尔甘愿在美国流汗，成就自己的一番事业。

现在的这家餐厅是七年前开业的。当时葛布里埃尔的一个熟人正好要把饭馆关掉，于是，他决心把人家租赁的房屋和设备全部盘下来，自己大干一场。房租低廉的东帕洛阿托住着不少墨西哥移民和有墨西哥血统的美国人。他估计如果面向他们经营墨西哥料理，生意应该不错。结果，味美价廉再加上为人善良的这对夫妻热情好客，饭馆开业后立刻火了起来。当时的东帕洛阿托也是借着 IT 企业不断入驻的这股东风发展起来的。

以前，由于社会治安混乱和危险地区的印象先入为主，几乎没有哪家高新企业敢在东帕洛阿托落户，也没有人敢在这里创业。谷歌在山景城、脸书在门洛帕克、生产新能源汽车（EV）的特斯拉在帕洛阿托。包括风险投资公司在内，企业的选址布局基本上都尽量避开了东帕洛阿托。

从整个硅谷地区来看，写字楼的建设用地日趋减少。在这种情况下，一些企业开始把目光转向东帕洛阿托，例如亚马逊已将硅谷办公区建在了东帕洛阿托。另外在过去数年间，脸书的业务迅速拓展，员工人数激增，准备在总部附近的东帕洛阿托找房子安家的员工也陆续增多。结果到了中午和晚上，不仅当地的老街坊，IT 企业的员工也都渐渐来到这条街上用餐。

为了追求美国梦而来到美国的桑切斯夫妇，他们的理想正在逐步实现，尽管目前还谈不上富有，餐厅却也生意兴隆。在当地小学就读的4个孩子也已经习惯美国的生活。说起这些，桑切斯满面笑容："我想让他们一直读完大学。虽然心里还在为祖国自豪，可我觉得还是来对了！"

上午 9 时 30 分的公交车站前

告别了桑切斯夫妇经营的墨西哥餐馆，我们沿着海滨公路，自东向西穿过东帕洛阿托，一路向西驶去。途中发现路边的公交车站前坐着两个人，一个戴着宽厚眼镜的黑人和一个面容清瘦的白人。我们临时上前采访。黑人是获得假释出狱的流浪汉，那个白人住在戒毒所里。

虽然 IT 企业的员工陆续搬了过来，可是在原本贫穷的东帕洛阿托仍然有许多人无家可归，流浪街头。有人在努力实现自己的美国梦，也有人在社会的污泥浊水里挣扎。黑人流浪汉名叫罗纳尔多·帕托里克·克拉克，48岁。吸毒的瘦子白人26岁，名叫杰雷米·汉森。俩人纯属于游荡在社会底层的人渣。

——为什么在东帕洛阿托？

克拉克：犯事儿了呗！判了刑，后来又来了。现在是假释。

——犯什么事了？

卡拉克：不该干的事儿。

——具体说呢？

克拉克：就是不该干的事儿。

——关在哪个监狱来着？

克拉克：去过加利福尼亚州的好几家监狱。倒霉透了！

——工作呢？

克拉克：一个罪犯，谁要呀！明白吧？

——面试时，主动承认自己是罪犯？

克拉克：Yes。让我等电话。哈哈哈……然后就没有然后了。

——住哪儿？

克拉克：房租太贵，住不起。

汉森：都是让那伙人（指脸书和亚马逊）给抬上去的。他们挣的钱是咱们的三倍。

克拉克：那帮人在这儿买房，再开发、再开发、再开发。像咱们这样的，只有破罐子破摔啦！

——无家可归的人多吗？

克拉克：你顺着这条街走走看，到处都有。一直往前走，场面可壮观了！

——你是做什么的？

汉森：就在那边的戒毒所里，专门为吸毒的、酗酒的、犯有前科的弟兄们建的。

——你是怎么回事？

汉森：以前用过兴奋剂。

——住在这儿感觉怎么样？

汉森：和其他地方都差不多。有好的一面，也有坏的一面。

——什么时候住进来的？

汉森：有一年了吧。

——戒起来困难吗？

汉森：有点难。每天早上一个半钟头，来这儿聊聊自己的经历什么的。然后在这一带转转，锻炼身体。

——这边贩毒的人多吗？

汉森：从那边往里走，就有（笑）。这边都是倒卖可卡因的。

——将来有什么目标吗？

克拉克：还想回到音乐这一行，赚点儿钱。

汉森：咱想当大厨。再过些日子，打算去个速成班学学。以前在餐厅干过。

——谢谢，祝你们愉快！

克拉克：小事一桩。也祝你们每天顺利啊！

脸书和亚马逊等高新企业的员工开始入住，东帕洛阿托原有的印象正在改变。事实上，这些企业也给当地带来了诸如餐厅厨师、保安人员、总部大楼的花木栽培之类的就业岗位。

然而，正如克拉克和汉森他们指出的那样，由于高收入的高新企业员工增加，导致东帕洛阿托的房租飙升。五年前每月1500～1800美元便能租到带有淋浴的单人间，如今已经轻轻松松超过了3000美元。

上述情况造成了拖挂式房车（Mobile home）的增加。房租暴涨让难以承受的低收入者放弃了公寓楼，不得不蜗居在简陋的房车里。实际上，东帕洛阿托有几处"睡车族"们扎堆的地方，就是瘦瘦的白人克拉克在公交车站指给我看的那种"壮观的场面"。

上午 10 时的 RV 公园

沿着海岸公路向东驶去，途中有一段未经铺设的砂石路。前面就是房车和机动车聚集的地方，俗称"RV 公园"。周围有变电站和废铁堆积成山的汽车解体厂。几只火鸡在附近来回溜达，也许是住在这里的人饲养的。

从停放在路边的房车与房车之间的空隙看去，栅栏前有一伙男人正在给烧烤炉生火。房顶只是一层苫布，上面还有一汪昨晚下的雨水。这伙人在这里做午饭。

在东帕洛阿托住了30年的卢本·阿尔玛索也是一个因为房租疯涨被迫搬了出来的住户。因为他当上了 RV 公园的自治会长，所以大家都叫他"总统"。

为了供养墨西哥的家，"总统"1988年来到美国，随后在一家餐馆的后厨上班，不断往墨西哥的家里寄钱。现在因为受了伤，每周有三天上班，每天刷四个小时的盘子，干两个星期给600多美元，勉强糊口。这点钱想住在硅谷，简直是杯水车薪。

"总统"的侄子名叫弗里奥·巴列霍，从半年前开始也住进了房车里。弟弟"奇诺"和他的危地马拉女友"牛奶"，五六个人过起集体生活。

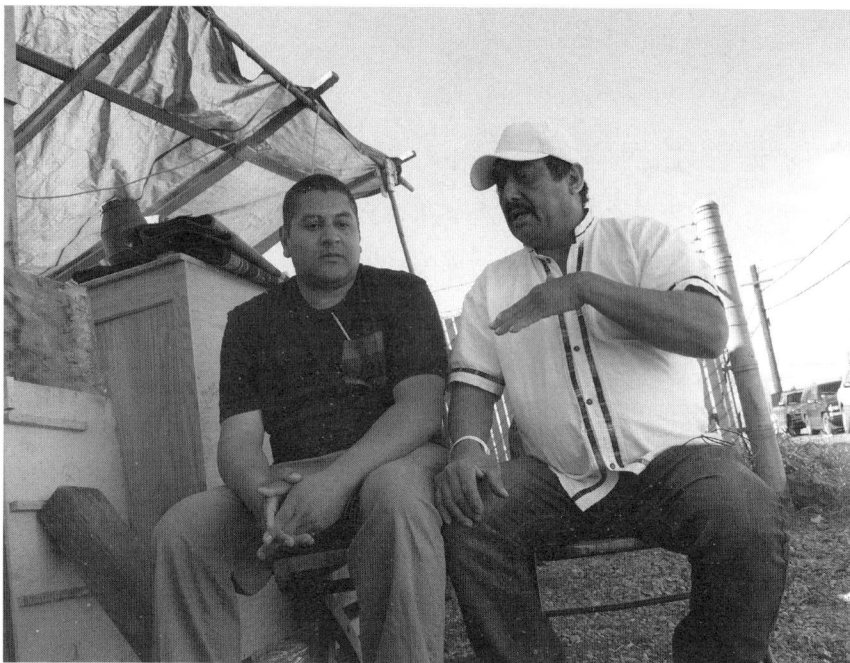

生活在 RV 公园里的"总统"和他的侄子巴列霍

巴列霍不到40岁的人生有一大半是在东帕洛阿托度过的。走出校门后到处打工，刷盘子、盖房子、油漆匠，什么活都干。当油漆匠的时候每周挣到了800美元，那也赶不上房租的暴涨，还是沦落到 RV 公园了。

巴列霍还让我参观了他的"家"，说句不客气的话，和废品站相差无几。

沙发上堆着被子和衣服，地板上是横七竖八的旧鞋，厕所顶上有个洞，不知什么时候炖的菜还在煤油炉上放着。奇诺的女友"牛奶"蜷曲在床上呻吟，也许是身体不太舒服。这么多人挤在一辆房车里，日子过得比人们想象的还要糟糕。

"大家都在找工作，可是没有那张纸（指签证）不准就业。市里经常救济我们，可他们还是有点歧视我们墨西哥人。"说着，奇诺亮出肚皮，让我看上面纹的字母，"这是咱的名字。咱们现在已经成了朋友。"

厕所用的是公用厕所，洗澡借用邻近的 YWCA（基督教女青年会）洗澡堂。"牛奶"唉声叹气地说："去年洗一次澡2美元，今年涨到了10美元。谁不想干干净净的啊？"

"脸书和亚马逊来了，房租涨上去了。"话虽这么说，可是这位"总统"也没有敌视这些企业的意思。

"我不想对他们说滚出去。人家交的税是市政府和警察的财政来源，也给墨西哥人添了不少就业机会。咱们应该感谢人家，您说是吧？我们的要求说到底是请让他们帮助穷人一把。比如给我们准备一个能够停车的公园，不再禁停房车，还想让他们多盖一些经济适用房。"

正午时分的墨西哥餐厅

午饭时分，再次来到桑切斯的夫妻店，食客们已经排起了长队，他们当中既有身穿蓝色工装的企业员工，也有流浪者，还有白白净净看似工程师的年轻人。门外的露天餐桌，一位自称来自山景城 R&D 研发基地的 BMW 工程师正在和同事们一起用餐。眼前的这个光景俨然是东帕洛阿托最新发展的象征。

"脸书的总部刚迁过来的时候（指2001年脸书将总部迁至门洛帕克），他们谁也不会到这儿来吃饭，现在都来了。您看那张桌子，他们是亚马逊的，不会错！"刚才在门前与女食客搭讪的小伙子对我说。

他凑过来仔细端详起采访组的摄像机。我一问，他说自己在脸书总部里刷盘子。

"我住在这儿20来年了。这儿的房租涨得太厉害了。现在我住在外地,天天跑到这儿来上班……您问我到底住哪儿?住在海沃德(旧金山海湾的对岸),那个地方还算便宜。现在这份工作虽然不太累,可还是不想干了,想找一份挣钱更多的差事。我年轻的时候还想当游戏设计师呢!我看您这台摄像机真棒,所以就跟您聊上了。好啦,拜拜吧!"

话音未落,他又忙着去追别的女人了:"喂,有男朋友吗?"

其实,家在外埠的人不仅限于他这类的打工仔,市政府的许多职员、消防队员、警察等,他们每天来这里上班,路上也需要一个多小时。支撑这座城市的工薪阶层反而不能在这个城市里生活,这就是硅谷的现实。

下午1时30分的市政府办公区

硅谷的贫困区——东帕洛阿托。毫不过分地说,这里的穷困早在建市之前就已经注定了。

历史上的东帕洛阿托是佣人们居住的地方,这些有着非洲血统的美国人专门伺候帕洛阿托市里有钱的白人。也许是受这些居民的影响,工业垃圾处理场和杀虫剂厂等污染严重的企业在东帕洛阿托的沿海一带扎堆,而特意选择在这个地方居住的又是那些收入微薄的穷人。因此,这里在独立建市之前是一个又穷又破、令人望而生畏的黑人区。

一句话,这里是硅谷的垃圾场。生活在环境如此恶劣的东帕洛阿托,居民们渴望自治,决心成立自己的"政府"。这件事本身还要从独立建市之前的1970年说起。

当时，许多有害垃圾运到了这里的工业垃圾处理场，居民要求加强管理，但是这里属于县里管辖的地区，居民的呼声难以上达。另外，公寓的房东们也不住在东帕洛阿托，对房屋的管理和修缮往往敷衍了事，只知道年年涨房租。这些原因加在一起，让居民们产生了自己动手建设家园的念头。

再者，当地的警察也是促使居民争取建市的一大原因。在圣马特奥县境内，东帕洛阿托属于黑人居住的贫困区，过度的管制让许多居民感觉警察有歧视黑人的嫌疑。久而久之，成立自己的政府，拥有自己的警察，这个时机已经成熟。当然，在其背景里还有所谓"公民权运动"的余温。

"当时我认为，自己的城市命运应该掌握在我们自己的手里。"东帕洛阿托的城市经理卡尔洛斯·马尔蒂内斯回忆道。

迅速增加的墨西哥移民与要求自治的黑人拧成了一股绳，终于在1983年成功地让东帕洛阿托独立建市。

当初，这个新成立的市还有过一个响亮的候选地名——"利托尔·内罗毕"，只是根据居民的投票结果，最终还是确定为"东帕洛阿托市"。不难想象，随着惠普和帕洛阿托研究所等高新企业和研发机构的进驻，东帕洛阿托的未来发展将与帕洛阿托高新技术区的形象重合在一起（现在，帕洛阿托已不属于圣马特奥县，与附近的山景城和库比蒂诺同属于圣克拉拉县）。

其实，新成立的东帕洛阿托市政府面对的是一个烂摊子。因为这里本来是个垃圾场，缺少构成税收基础的企业和商业区等纳税大户。

如果查看地图便可得知，工业区和写字楼都集中在毗邻的门洛帕克，东帕洛阿托的大部分地区是民宅。沿海地带虽有土地闲置，但那里基本上是垃圾场的旧址。如果通过招商引资邀请企业入驻，需要对土地进行必不可少的改良。然而，一个缺少纳税大户的城市无法筹集到这笔巨资。顺便说一句，那位"总统"栖身的RV公园就在老垃圾场的一角。

在独立建市的初期阶段，这里最大的纳税企业是市政府旁边的麦当劳餐厅。为了改变这种状况，有关人士四处奔走，然而招商引资的难度之大无异于将这座城市推倒重来。总之，他们前面还有一段长长的路要走。

城市建设开始起步的标志是兴建在101号国道旁的购物中心，家得宝和塔吉特等商业巨头已经入驻。

这里曾经是一所高中的校址和住宅区，在市政府为强化税收基础而建设大型商业设施的决策下，数千名居民迁出。领导这个开发项目的正是马尔蒂内斯本人，当时他是城市再开发局的负责人。据他介绍："现在，东帕洛阿托征收的消费税有75%来自这个购物中心。"

其后，城市的重新开发稳步推进，在购物中心旁边又新添了宜家商城，101国道的对面招来了四季酒店集团等。宜家商城的开业时间是2003年，四季酒店于2006年开业，等于他们从单独建市开始，整整奋斗了20年。

另外，市政府对低收入群体的住宅建设加大投入。为了让房租维持在合理价位上，他们出台了相关条例将房租控制在一定范围内。从21世纪初开始，为了改善社会治安，他们积极配合联邦政府和州政府，彻底取缔了贩毒团伙和吸毒行为。最近，他们还将对长期悬而未决的土地污染和城市基本建设采取措施。

在"科技热"的大环境下，东帕洛阿托终于能够与邻近地方政府并驾齐驱，逐渐形成了招商引资及创新活动的态势。然而，接踵而来的房租暴涨和无家可归者的与日俱增，又成为困扰这座城市的新问题。

下午3时的学区办公室

住宅问题还严重影响到当地基础教育的发展。教育长古洛丽亚·赫尔南德斯戈弗负责统管东帕洛阿托全境和门洛帕克的一部分小学，她的一番话颇为震撼："最近五年，我管理的学生减少了1000个。现在还有3000个，其中有44%的学生处于无家可归的状态。"住在拖挂房和木板房里的学生也被统计为无家可归者，即便把这部分学生扣掉，44%这个数字还是非同小可。

五年间流失的学生占到1/4，其原因无非是随父母搬到了其他地方。勉强留下的家庭也因为房租过高而无法继续租住，结果与其他家庭合住的现象增加。说起合租房，通常是一个人住一间房，而这里却是一家人挤在一个房间里。

最近有人住进了木板房。东帕洛阿托的主要街道停满了汽车，其中也是因为有人住在附近的木板房里。据说有的双人房居然住了20人。古洛丽亚说："我的秘书和六个孩子，也住在木板房里凑合生活。"

仅凭古洛丽亚的初步介绍，这里的居住环境已经够残酷了，更何况还有人连木板房都住不起。比如"总统"他们，住在拖挂房里勉强度日。44%的统计结果在告诉我们，这里还有这么多的孩子生活在水深火热的环境中。

家里没有自来水，每天不可能洗澡。家里没有厕所，正常排便也令人大伤脑筋。在不便用火的环境下连吃口热饭也很困难。有不少孩子因为睡眠不足到校后无法正常上课。

在苫布棚下做早饭的人们

    这个城市里本来有不少面向低收入群体的经济适用房。但是，有人把居民赶了出去，把这些房子高价出售。重新装修后的房子高价出租，让贫困阶层的人望而却步。一般说来，流浪汉指的是游手好闲之辈，而这里的流浪汉都是有工作的人，他们从早干到晚辛勤劳动，可还是付不起房租。

    学校也做了不少力所能及的工作。学区办公室的库房里保管着许多捐助食品，有冷冻鸡肉和火鸡、罐头、蔬菜、牛奶、鸡蛋、面包……这些食品都是为当地居民准备的，每月发放三次。如果具备简单的烹饪条件，这些食材便能填饱肚子。

    最近，学校开始提供晚餐，因为有不少双职工家庭的孩子不能按时在家吃到晚饭。另外，学校还为家里没条件洗衣的孩子添置了洗衣机和烘干机。尽管学校也在努力付出，但还是远远不能解决根本问题。"能做的都在做，但也只是起了点创可贴和橡皮膏的作用。"

据城市经理马尔蒂内斯介绍，在2010年到2014年的四年里，由于高新企业的队伍迅速壮大，为圣马特奥县累计增加了5.6万个就业岗位。在我们前去采访的2018年的某个节点，圣马特奥县的失业率为百分之二点几，东帕洛阿托市为稍高的百分之三点几，基本接近全员就业的水平。

另一方面，已供应的住宅数量为3000～4000套，严重不足。高新企业的发展所产生的劳动岗位又是以收入比较低的服务业为主，居民仍然支付不起不断上涨的房租。目前的所谓"住宅危机"完全属于供需之间的矛盾，只有增加新房的供给，这个矛盾才能从根本上得到解决。

"这里的居住条件是冰火两重天。"正如戈弗所言，硅谷既给东帕洛阿托带来了光明，同时也投下了阴影。

在斯坦福大学的帮助下，这个地区的孩子也有了接受少儿编程教育的机会。学校里还有三维立体打印机，应用于各项工作。而在其背面，仍有近半数的学生在吃饭、洗衣和洗澡等基本生活上不如人意，学校教育远没有达到完美无缺的理想状态。

下午 4 时 30 分的当地非营利组织（NPO）

也许有人会站出来指手画脚：既然房租已经涨得如此之高，为什么不像其他居民那样搬到更便宜的地方去呢？可是，在东帕洛阿托有他们的亲朋好友，有他们熟悉的街道店铺。对于这些没有见过世面的人们来说，"移居"不是一件轻易能够说出口的小事。

尽管如此，老住户的外迁和高新技术企业的员工入住，还是让东帕洛阿托的社区冷清了许多。其中也不乏逆流而上者，在当地的非营利组织"Able Works"里工作的亚利西亚·庞塞·迪亚斯便是其中一个。在东帕洛阿托长大的她毕业于东海岸赫赫有名的耶鲁大学，毕业后返回家乡，参与和策划鼓励年轻人自主创业的各种活动。迪亚斯说："我一直想回到自己的家乡，为自己的家乡做些有益的事情。"

　　目前，她准备开设一门旨在提高年轻人金融意识的课程，内容包括什么是投资、投资的重要意义、银行支票账户和储蓄账户的区别、投资领域及其布局、如何与钱和睦相处等，把这些基本知识传授给当地的高中生。

　　"授课时间从12周到24周不等，我觉得这些学生身居硅谷，恰恰需要了解金融方面的基本知识。"最近，她又开始策划的活动内容是单身母亲如何实现经济自立。

　　迪亚斯热衷于开展社区教育活动，因为她真心希望这个生养她的地方能够健康发展。

　　从前，在她和父母生活的这片街区里，街坊四邻彼此熟悉，而今因为不少人家从外地移居到这里，老邻居只剩下了两三户。人们经常抱怨城市的二次开发让以前的老街不见了，当然也有人认为总是沉浸于怀旧的感伤里无法提升城市的品位。迪亚斯认为，在城市不断变革中，继续保护当地的历史和文化精神是留在这里的人们责无旁贷的义务。为此，需要让当地的孩子们从小具备生存的勇气和生活本领。

　　当然，即便提高了金融专业的知识水平，如果当地没有适当的就业岗位，他们也无法在这里生活下去。其实，这就如同让不懂软件和电脑的人也能直接挣大钱，这种工作是不存在的，因为这类人不可能有发展前途。

那么问题来了，应当如何与高新企业互相配合创造出这种就业机会？如何搭建一个公开讨论的平台将这些意见直接反映给高新企业的高层呢？

为了贡献于当地，脸书向东帕洛阿托市捐赠了1000万美元。另外，脸书CEO马克·扎克伯格的夫人还出面建立了一所私人学校，为抽签选中的贫困儿童提供部分免费的入学机会。

但是，用迪亚斯的话来说，"他们能够做的事情还有很多"。脸书2017年度的纯利润达159亿美元。一方面是积极创造就业机会，一方面也给当地增添了一些问题，左思右想，这里是不是也存在一个如何权衡利弊的问题呢？

下午 5 时 30 分的街头教堂

趁着太阳还没落山，我采访了东帕洛阿托市政府附近的基督教堂，因为听说这个教堂的停车场也有蜗居在拖挂房里生活的人家。

停放在路边的拖挂房与其他机动车一样都属于违章停车。另外，拖挂房里虽有厕所和淋浴，但顾虑到这里没有水源和下水道，每天还是不能正常使用。因此，教堂对外开放了停车场和厕所，让住在拖挂房里的家庭安心生活。这项活动的名称是"安全停车倡议"。

在教堂的停车场，我采访了全家人和一个妇女朋友共六口人一起生活的埃迪·亚莫内拉。

——这辆拖挂式房车里住了几个人？

亚莫内拉：三个大人和三个孩子，一共六个。这个妇女怀孕了，也没房子住，就跟我们住在一起了。

——从什么时候开始住在房车里的呢？

亚莫内拉：去年10月，本来合租过一间小屋，那间房没有淋浴，只有厕所。刚租的时候900美元，后来涨到了1300美元，我们付不起了。小舅子知道后把这个房车卖给了我们。

——工作呢？

亚莫内拉：我妻子是接送残疾儿童的面包车司机，每天工作4小时，一周是20个小时。我是机修工，下班后跑 Uber（"优步"出租车）。妻子再干点其他零活儿，我们俩每月能挣到2700美元。

——你们怎么睡呢？

亚莫内拉：我和妻子、小学四年级的女儿睡在里边的床上，5年级的儿子和朋友住睡在这儿的沙发上。

——厕所和淋浴怎么办？

亚莫内拉：车里也有厕所和淋浴，基本不用。因为我们可以用教堂的厕所。我们是 YWCA 的会员，淋浴可以用他们的，但是必须付费。

——给水和排水呢？

亚莫内拉：去房车站，给水和排水都行。25美元可以给满一箱水（作者注：美国有许多为房车给水和排放污水的场所）。

——双职工每月能挣到2700美元，为什么还住在车里呢？

亚莫内拉：1998年刚来东帕洛阿托的时候，这里的房租很便宜。厕所和淋浴都有的房子才500美元左右。可是，脸书来了，亚马逊来了，一样的房子现在是1500多美元，双床的大房要2500美元。我付不起那么多钱。

——来这个教堂停车场的经过？

亚莫内拉：我被市政府警告过一次，他们说停在路边按违章停车处理。其实，停车不超过72小时不算违章。如果被警察拖走的话，必须支付2000美元的拖车费。我连房租都交不起，当然没钱交罚款了。

就在我走投无路的时候，教堂把停车场借给了我。因为我们有孩子，而且我烟酒不沾。教堂首先为孩子着想。

——六个人挤在这么狭窄的房车里不难受吗？

亚莫内拉：有点累。但是，妻子每天干几份工作，大半时间不在家，只是回来睡觉。我也是一样，所以问题不大。

——到外地选个房租便宜的住处呢？

亚莫内拉：如果搬到萨克拉门托和斯托克顿那边，房租也许能便宜一些。但是，挣钱也就少了。假如我把家搬到了斯托克顿，还要回到这儿来上班。这样一来，我觉得还是住这儿好。

——老家墨西哥怎么样？

亚莫内拉：墨西哥的情况谁都知道，社会治安恶劣，住在那儿也不少花钱。在这儿虽然生活在车里，那也比墨西哥强得多。

——想过对孩子的影响吗？

亚莫内拉：孩子在外面玩，没关系。实际上这个地方虽然小，可是生活必需品一样都不缺，还能上网，有电视和 DVD，还有微波炉、淋浴器，早上能喝上咖啡。如果说还有不踏实的地方，无非是小孩子受人欺负的问题。那些有房住的孩子经常欺负住房车的孩子。

别人要给房东交租金，可我住的是自己的家，用不着给谁交钱。有吃有穿，一家人都在这儿。孩子们的事儿，没什么了不起的。

——将来呢，有什么理想？

亚莫内拉：我就想有个安全可靠的停车场，能够停放我这个"家"，还想过上像样的家庭生活。

晚上10时的住宿地·汽车旅馆

房租暴涨不仅硅谷一地，这是全球各大城市普遍存在的问题。旧金山市中心的租金水平已经超过纽约的曼哈顿。在亚马逊白手起家的西雅图、通用电气总部迁移的波士顿、号称"宜居城市之首"的俄勒冈州波特兰，一些老住户和低收入家庭被暴涨的房租逐出了门外。

其中的主要原因无疑是贫富不均和溢出的资金。一小撮富人毫不吝惜地把资金投到世界上最贵的黄金地段。在城市里拥有住宅的房东也跟着提高房租或者变通为"爱彼迎"（Airbnb），借以达到增收的目的。这种行为是资本主义经济的惯用伎俩，然而造成的后果却是大量的无产者被赶出了城市。

在过去30年的全球化影响下，世界趋于扁平化是不争的事实，但是，有产者和无产者之间的矛盾也越来越尖锐。这里的"产"不只是财富，还包括知识、技术以及人脉等。有产者充分利用这些资源并使其呈几何级数增长，而一无所有的人仍然在起跑线上踏步。

发生在东帕洛阿托的故事，只不过是这些矛盾凸显的一个极端案例。

房租暴涨的硅谷一带，睡在车里的居民日益增多

结 束 语

1999年4月我刚毕业，被分配到《日经商务周刊》编辑部工作。时至今日，这里发生了翻天覆地的变化，然而《日经商务周刊》拥有自己的传统，新闻报道不只是经济和企业的纪实，还要通过其中牵扯到的人物故事本身的描述，体现社会、经济和社团组织的作用。如果是财务分析方面的报道，本来一页便可完成的文稿，还要深入发掘当事企业的优势、面临的课题、今后的战略以及所涉及的人物和趣闻轶事，通过这些故事刻画出一个完整的企业形象。俗话说要趁热打铁，刚刚步入社会的我被《日经商务周刊》灌输的这一套优良传统，如今已经渗透到我作为一名记者的血液中，成为我的处世原则。就这样，伏在前辈记者的后背，看着他们撰写的稿件，我渐渐成长起来。作为一个撰稿人，我已经养成了"以人写作"的习惯。

我在《日经商务周刊》的另一个收获应该是"杂志之魂"。

杂志与报纸不可同日而语。杂志属于一种嗜好品，不一定是人们非看不可的必需品。为了让读者爱不释手，杂志的着眼点只能放在他人看不到或者不愿意写的内容上。另外，我们《日经商务周刊》虽然是日经集团旗下的刊物，可是，日经集团出版的报纸《日本经济新闻》却也是我们众多的竞争伙伴之一。因此，我们需要开动脑筋，将其办成不同于报纸的特色刊物——对其他媒体趋之若鹜的热点题材不为心动，专心思考自己认为有趣的题材，策划那些有可能爆出冷门的内容。

在"雷曼危机"发生前后，我开始撰写现在称之为"地方创生"的报道文章。但在当时，我想写的这类人物是否存在姑且不论，关键是竟然找不到从经济和商务的角度反映地方实情的相关报道。

本书汇集的系列采访文章是以特朗普成为总统为契机完成的。其实，在此之前我一直在寻找一个恰当的时机，探索一个合适的主题，写一部以市井小人物为题材的群像剧。在采访耗时过多而且难度不断增大的情况下，我能够在美国采访到自己想要的内容，除了欣慰，别无所求。对于支持我实现这个愿望的《日经商务周刊》编辑部，我心存感激。

动用一本书来罗列眼前发生的一堆琐事，如同用大炮打蚊子一般令我汗颜，所以我也觉得自己应该就此收笔了。然而，正如我在"前言"所言，特朗普总统不是原因，而是现象，美国是一个人口超过3.2亿的整体。自由派与保守派的互相对峙，其根源在于在全球化裹挟下每一个人发生的变化。本书描述的是一个生活在美国社会底层而又被全球化捉弄的市井群体，只要他们目前的处境没有改变，美国应该不会重新回到"特朗普之前"的那个美国。

至于今后要以怎样的频率、撰写哪方面内容，我还没有认真考虑。不过，如果再有机会的话，我还想继续采访社会、经济和社团组织，继续讲述市井人家的故事……

图书在版编目（CIP）数据

看见美国 ／（日）篠原匡著；王冬，滕新华译. --北京 ：国际文化出版公司，2021.7
ISBN 978-7-5125-1307-5

Ⅰ. ①看… Ⅱ. ①篠… ②王… ③滕… Ⅲ. ①新闻报道—作品集—日本—现代 Ⅳ. ①I313.55

中国版本图书馆CIP数据核字(2021)第079985号

北京市版权局著作权合同登记号 图字01-2021-2510号

GLOBAL SHIHONSHUGI VS AMERICAJIN written by Tadashi Shinohara
Copyright © 2020 by Nikkei Business Publications, Inc. All rights reserved.
Originally published in Japan by Nikkei Business Publications, Inc.

Simplified Chinese translation rights arranged with Nikkei Business Publications, Inc. through AMANN CO., LTD.

看见美国

作　　者	[日]篠原匡
译　　者	王　冬　滕新华
责任编辑	王逸明
策划编辑	兰　青
出版发行	国际文化出版公司
经　　销	国文润华文化传媒（北京）有限责任公司
印　　刷	三河市华晨印务有限公司
开　　本	710毫米×1000毫米　　　16开
	19印张　　　　　　　　230千字
版　　次	2021年7月第1版
	2021年7月第1次印刷
书　　号	ISBN 978-7-5125-1307-5
定　　价	58.00元

国际文化出版公司
北京朝阳区东土城路乙9号　　邮编：100013
总编室：（010）64271551　　传真：（010）64271578
销售热线：（010）64271187
传真：（010）64271187-800
E-mail：icpc@95777.sina.net